目次

平野啓一郎

サド侯爵夫人・わが友ヒットラー

サド侯爵夫人　三幕

――澁澤龍彥著「サド侯爵の生涯」に拠る

所

パリ。モントルイユ夫人邸サロン。

時

第一幕　一七七二年秋

第二幕　一七七八年晩夏

第三幕　一七九〇年春

登場人物

ルネ　サド侯爵夫人

モントルイユ夫人　ルネの母親

アンヌ　ルネの妹

シミアーヌ男爵夫人

サン・フォン伯爵夫人

シャルロット　モントルイユ夫人家政婦

第一幕

サン・フォン伯爵夫人　（乗馬服で、鞭《むち》を片手にいらいらと歩きまわる）とんだお招きね。馬の稽古《けいこ》のかえりに、ちょっと立寄ってくれ、というたってのおたのみだから、こうしてはじめてのお宅へ伺ってみれば、思う存分待たせて下さるんだわ。

シミアーヌ男爵夫人　モントルイユの奥様を、そんなにわるく仰言《おつしや》るもんじゃないわ。お婿《むこ》さんのことで気も顛倒《てんとう》していらっしゃるんでしょうから。

サン・フォン　まあ三月《みつき》前のあのことでまだ？

シミアーヌ　月日もあの方の御心労を、少しも減らしはしなかった筈《はず》ですわ。それにあのことがあって以来、私たちは一度もモントルイユの奥様にお目にかかっていないんですものね。

サン・フォン　あのこと、あのこと。私たちはどこでも、いつでも、「あのこと」と言って、目くばせして、意味ありげに笑って、それですまして来たんだわ。ありていに云《い》えば、（ト鞭をヒュッと鳴らす。シミアーヌ顔をおおう）これだけのことじゃないの。

シミアーヌ　サン・フォンの奥様。そんなおそろしいことを！（ト十字を切る）

サン・フォン　そう、そうやって十字をお切りになる。みんなそれですましてきたんだ。それでいて心の中には、みなさんそれぞれ、あのことのたっぷりした知識をお持ちね。え？　あなたもお持ちね？　シミアーヌの奥様。

シミアーヌ　いいえ、私は何も存じません。

サン・フォン　嘘《うそ》ばっかり！

シミアーヌ　いいえ、アルフォンスとは幼な馴染《なじみ》の私ですもの。いやなことには耳もおおい目もおおって、ひたすら幼ないころのあの人の、愛らしい金髪を思い出していればよろしいの。

サン・フォン　ではお好きなように。私は私の、今のところ一番正確で豊富な知識、この三月《みつき》がかりであらゆる手を尽して集めた知識を御披露《ごひろう》いたしますから、さあ、耳をおふさぎあそばせ。（シミアーヌ躊躇《ちゅうちょ》する）さあ、どうなすったの？　耳を、（ト鞭を鳴らす）おふさぎあそばせ。（ト鞭の先でシミアーヌの耳をくすぐる。シミアーヌびくりとして、両手で耳をおおう）そう、それでいいわ。三月《みつき》前の六月二十七日、ドナチアン・アルフォンス・フランソワ・ド・サド侯爵は、下男ラトゥールをつれてマルセイユへ行き、マリエット・ボレリという女の家の四階の一室に、或《あ》る朝、四人の娘を集めました。マリエットは二十三歳、マリアンヌは十八歳、マリアネットとロオズは二十歳……。もちろんみんな売春婦です。（シミアーヌ耳をおおいつつビクリとする）あら、あなたは目でお聴きになるのね。

サド侯爵は、青い裏地のついた灰色の燕尾服《えんびふく》、橙色《だいだいいろ》の絹のチョッキ、同じ色の半ズボン、金髪の頭には羽根飾りのついた帽子をかぶって、長剣を腰に吊《つ》り、金の丸い握りのステッキをついていました。

さて、四人の娘の待っている部屋へ入って、ポケットから一握りの金貨をつかみ出し、金貨の数を当てた娘と最初に寝ようと言いました。マリアンヌが当りました。マリアンヌと下男だけを残して、ほかの女たちを追い出すと、二人をベッドに寝かせ、片手で娘を鞭打ちながら、（ト鞭を鳴らす）、片手で下男を、……そう、下男の体をそそり立てました。片手で娘を、（ト鞭をあまたたび鳴らしつつ）、片手で下男を……

シミアーヌ　ああ、神様！　（ト十字を切って祈る）

サン・フォン　たんと十字をお切りになるがいいわ。十字を切っておいでのあいだは、耳をふさがずにいられますものね。(シミアーヌあわてて耳をふさぐ)耳をふさいでおいでのあいだは、お勤めをおろそかになさるわけ。(シミアーヌあわてて十字を切る)結局、素直にお聴きになることが、神様の思し召《おぼ》しに叶《かな》うのよ。(シミアーヌあきらめて聴く)……そうして、アルフォンスは自分のほうが召使になったように、下男のことを「侯爵さま」と呼びつづけ、自分のことを「ラ・フルール」と呼ばせました。それから下男を出てゆかせると、アルフォンスは金の縁取りのついた水晶のボンボン容れをとり出して、茴香《ういきょう》の味のするボンボンを娘に与え、これはおならの出る薬だから、たくさん喰《た》べるようにと言いました。

シミアーヌ　まあ！

サン・フォン　でもそれは実は媚薬《びやく》だったのよ。斑猫《はんみょう》を乾して製《つく》ったカンタリスをまぜた媚薬。御存知でしょう？

シミアーヌ　まあ、私がどうしてそんな……

サン・フォン　あなたなんか時々お嚥《の》みになったほうがいいのよ。マリアンヌは七、八粒喰べました。喰べ終ると、今度は侯爵は……

シミアーヌ　アルフォンスがそれからどうしましたって？

サン・フォン　一ルイやるから、あることをさせろと要求したんです。
シミアーヌ　あること、って。
サン・フォン　あなたのお好きな「あること」ですわ。ひろい庭のまんなかに立ったヴィーナスの彫刻が、正面から朝日に照らされているときは、輝やかしい光線は純白の大理石の股《また》の間へまでしみ入ります。では、太陽が半日のあいだ庭をめぐって、森のかなたへ入日になって沈むときに、その光りはヴィーナスのどこを射貫《いぬ》くでしょうか？
シミアーヌ　（しばらく考えて）ああ！　ああ！　悪魔の所業ですわ。怖《おそ》ろしい罪ですわ。火焙《ひあぶ》りにされても仕方のない……
サン・フォン　やがてアルフォンスは、何度も使ったと見えて血のこびりついた、鉤《かぎ》針《ばり》つきの鞭をとりだして、これで自分を打ってくれ、と娘にたのみました。
シミアーヌ　あの人にはやっぱり良心がのこっていたのですね。だからそうして自分を罰し、自分の中の悪魔を追い出してほしかったのだわ。
サン・フォン　いいえ、人の痛みよりも自分の痛みのほうが一そう確実だったからにすぎませんわ。そうです、あの人には確実さに対する並外れた欲求があるんです。……次はマリエットの番でした。まず女を裸にすると、寝台《ねだい》の脚もとに膝《ひざ》まずかせ、箒《ほうき》で思う存分打った末、今度は自分を打ってくれと女にたのみ、女が打っているあいだ、アルフォンスは打たれた数を煖炉《だんろ》にナイフで刻みつけていました。その数は、二百十五、百七十九、二百二十五、二百四十、合計……

シミアーヌ　（指で暗算している）八五九回ですわ！

サン・フォン　あの人はいつも数が好きなのです。確実なのは数だけですし、信じられないほどに数を増してゆけば、悪徳も奇蹟《きせき》になるからだわ。

シミアーヌ　奇蹟なんて言葉をどうしてそんなところに……

サン・フォン　サド侯爵の奇蹟は、確実なものの積み重ね、人間が五感で知りうることを究めた先にしか、現われないものなのね。怠け者のただ待っている奇蹟とはちがいます。そこでマルセイユの彼は、もっともっと努力しました。マリエットと彼と下男との、三段重ねの櫂《かい》で海をゆく、ガレー船のような苦行の交わり。血のような朝焼け。時刻はまだ朝だったんですよ。

シミアーヌ　朝だったからこそ、快楽が労働に似てしまったわけなのね。

サン・フォン　いいえ、それはみんなが教会へゆく時刻、だからこそ快楽がお祈りに似てしまったのだわ。

シミアーヌ　あなたも地獄に落ちるでしょうよ。

サン・フォン　ありがとう。マリエットの次はロオズの番。また鞭、また下男、またトランプのようにちがった組合せ。次にはマリアネットが部屋へ呼ばれ、また鞭、またカンタリスの媚薬。泣き声と叫びのうちに朝のお勤めがおわり、サド侯爵は四人の娘にそれぞれ六リーヴルの銀貨を与えて帰しました。

シミアーヌ　ああ、これでやっと終ったわけね。

サン・フォン　いいえ、終りはしません。それからサド侯爵はお昼寝をしました。午後の部にそなえるためですわ。

シミアーヌ　午後の部！

サン・フォン　あの人は海へ向う窓の鎧扉《よろいど》を下ろして、子供のようにけがれのない深い眠りに沈みました。無邪気な、一点の濁りもない、夢のかけらもないその眠り。丁度海の漂流物がきれいに晒《さら》され、貝殻《かいがら》は粉々に砕かれ、海藻《かいそう》も乾き、死んだ魚も簀《す》のようになった浜辺の砂に身を埋めるように。……あの人のあらわな白い息づく胸の上に、鎧扉のわれ目をとおして、六月のマルセイユの太陽の黄金《きん》が散らばっていました。

シミアーヌ　そうして、午後の部は？

サン・フォン　お急《せ》きなさいますな。夕方また下男のラトゥールは女を探しにゆき、二十五歳になるマルグリットという娼婦《しょうふ》を見つけました。サド侯爵は夜になって女の家へゆき、今度は下男をかえして、女と二人きりになると、又、水晶のボンボン入れをとり出しました。

シミアーヌ　毒入りの？

サン・フォン　毒と媚薬とはちがいますわ。女は五、六粒喰べ、もっとしつこくすすめられ、やさしい声でこう尋ねられました。「お腹《なか》具合はどうだね？」って。

シミアーヌ　ああ、あの人はお医者様ごっこをしたかっただけなんですわ。

サン・フォン　又「あのこと」。又、鞭。そしてあくる朝早く、アルフォンスは三頭立の馬車を駆って、ラ・コストの城めざして、マルセイユを離れました。よもや娘たちが二日のちに、検事の前で洗いざらい証言して、自分の身に累を及ぼすことになろうとは夢にも知らずに。

（家政婦シャルロット登場）

シャルロット　お待たせして申訳ございません。奥様はもうすぐここへお出《い》でになります。

サン・フォン　私とシミアーヌ男爵夫人が、今日お招きをうけたのは、本当にお上手なお取り合せだとお伝え下さいましな。

シャルロット　は……
サン・フォン　悪徳の女と聖女、お婿さん好みのお取り合せね。お見事だこと。
シャルロット　は……（困って退《さが》ろうとする）
サン・フォン　逃げなくてもいいのよ。シャルロット。もとは私の家にいて、とうとう逃げ出して、ここのお邸《やしき》へ奉公するようになったお前ですものね。私の生活の裏表は一部始終知っているお前。いたるところで蔭口《かげぐち》を囁《ささや》かれ、悪魔の化身のように言われてきた私。侯爵のように鞭やボンボンこそ使わないけれど、恋の島の雑草はのこらず刈りつくした私ですものね。モントルイユの奥様は、いい処へ目をおつけになったものだわ。あのことをわがことのように感じ、侯爵のお身の上をひとごとでなく感じる女は、私を措《お》いてないとお思いになったのね。それまでは悪い評判をおそれて私を近づけなかったあの方が、この場になって急に私を……
シミアーヌ　そんなにあの方を悪く仰言るものじゃありませんわ。精根尽き果てて助けを求めていらっしゃるあの方を、あなたは悪徳の立場から、私は聖女の立場から、いかようにもして助けてあげなくては。
（モントルイユ夫人登場）
モントルイユ夫人　どうしましょう、こんなにお待たせしてしまって。サン・フォン伯爵の奥様、シミアーヌ男爵の奥様、お二方とも何て御親切な。（目じらせして、シャルロットを退らせる）サン・フォン様は、今日は乗馬のお稽古のおかえりなのね。
サン・フォン　今日私の馬はずいぶん荒れました。いつもはそんなことはありませんのに。拍車や鞭で思いきりたしなめてやりましたけれど、馬の体の中で燃えている火を鎮めることはできませんでした。私の横鞍《よこぐら》の金《きん》の鋲《かざ》りが、馬の足並が乱れるたびにきらめいて、私はアマゾーヌのように見えたと別当が言っておりましたわ。
モントルイユ　その強《きつ》い御気性が、何よりたのもしゅうございます。家《うち》の荒馬のことで私は、身も世もあらぬ嘆きをいたしております。
サン・フォン　お宅の荒馬は駿馬《しゅんめ》でもございましょうが、蒼《あお》ざめた馬なのではございませんか？　私にはよくわかっております。車夫馬丁のやからは女房《にょうぼう》を抱いて、一息息をつくと無邪気に寝込んでしまいます。上《うえ》つ方《かた》に及ぶほど、そのたのしみが洗《せん》煉《れん》されます。あの方は御家柄《おいえがら》の特権で、そのたのしみを少しばかり、洗煉なさりすぎたのじゃございません？　御先祖代々の血の銹《さ》びついた甲冑《かっちゅう》や剣《つるぎ》を磨《みが》き立て、まだ残る血の銹の枝葉《えだは》を透かして映る、裸の女たちの姿をおたのしみになったにすぎない……
モントルイユ　ではあなたは道徳は車夫馬丁のもので、貴族のものではないと仰言るの？　貴族の不身持がこのごろほど、世間の非難を浴びやすいこともありませんが、それはもともと貴族が道徳のお手本であるべきだと、人々が思っているからでしょう。

サン・フォン　いいえ、民衆は道徳に倦《あ》きて、貴族の専用だった悪徳を、わがものにしたくなったんですわ。

シミアーヌ　そう仰言ってしまっては、今日ここへ伺った意味もなくなります。モントルイユの奥様、あなたが身持の正しい聡明《そうめい》な方で、今まで世間から後ろ指一つさされたことのない方だということは、私ばかりか誰《だれ》しもよく存じております。そんなあなたが、どういう神の思し召しか、あんな不身持なお婿さんをお持ちになった御心痛はよくわかりますわ。何でもありのままにお話し下さいまし。伺っているだけでもお慰めになりましょうし、私共は決して他言《たごん》はいたしません。

モントルイユ　よく言って下さいました、シミアーヌ様。今になってこんなことを申すのも何ですが、娘のルネがアルフォンスに嫁《とつ》ぎました折は、私も本当に婿の人柄に満足しておりました。多少は軽はずみなところもありましたが、何しろ機智に富んだ面白《おもしろ》い人で、娘のことも可愛《かわい》がってくれますし……

サン・フォン　それに御宅はこの御縁組で、ブルボン王家と御縁つづきにおなりになったのですものね。
モントルイユ　それはそれとして、はじめは婿は私にも優しく、新婚のころエショフールの城で、アルフォンスが自作の芝居に、娘や私にまで役を振り当て、芝居ごっこをいたしました時なぞ、それはそれは面白うございました。
シミアーヌ　左様でいらっしゃいましょうとも。あの人は子供のころから、実にやさしくて面白い子でした。薔薇《ばら》園ではしゃいでおりまして、私が指に棘《とげ》を刺して泣き出したら、親切に棘を抜いてくれた上に、傷口を吸ってくれさえしました。
サン・フォン　そのころから血の味が好きだったのね。
シミアーヌ　（怒って）まるでアルフォンスを吸血鬼のように！
サン・フォン　吸血鬼は親切で優しいものと決っています。
モントルイユ　まあ、お静かに。今はアルフォンスもどう非難されようと、当人の心柄で致し方ございません。でも、新婚のたのしい芝居ごっこの同じ時期に、あとからわかったことですが、アルフォンスはたびたび用事にかこつけて行ったパリで、あの……何と申しましょうか、そういうことを職業にしている女たちと……
サン・フォン　売春婦と仰言いましな。

モントルイユ　勇敢な方ね、そんな言葉をお使いになれるなんて。ともあれアルフォンスは、そういう類《たぐ》いの女たちと、乱行に耽《ふけ》っていたのです。この秘密は二重底で、たとえそれとわかっても、放蕩者《ほうとうもの》の婿を持って、世間の噂《うわさ》を気にするだけですむ筈のものが、アルフォンスが結婚式のわずか五ヶ月あとに、ヴァンセンヌの牢に突然入れられたとき、今だから申しますが、私は事の真相を知ったのです。ああ、何と怖ろしい！　娘のルネにだけは真相を知らせまいとして、私は八方手を尽しました。十五日間の拘留だけで、何とか釈放されることに漕附《こぎつ》けましたのも、一つは娘可愛さのため、一つには婿の若気《わかげ》のあやまちのまじめな悔悛《かいしゅん》をあてにしていたからでございます。それにルネは心から良人《おっと》を愛し敬っておりましたから。でも奥様方。あとでだんだんわかったことながら、それは決して、いいえ、決して、「若気のあやまち」と言うようなものではございませんでした。

シミアーヌ　お察しいたしますわ。

モントルイユ　それからの九年間、私はただアルフォンスの家名を守り、娘の名誉を守るために、望みのない戦いをつづけてまいりました。自分のたのしみも捨て、借財まで背負って、次々と重なるアルフォンスの乱行の後始末に忙しくしてまいりました。サド家はそんな私に、何をして下さったでしょう。お父さまのサド伯爵《はくしゃく》は、息子の所行に驚き呆《あき》れて、ただ怒り散らしていらっしゃるうちに、五年前にお亡《な》くなりになった。そのときアルフォンスが見せた身も世もない嘆きが、私の心を搏《う》ちました。時々、あの人の奥底の優しさが、清らかさが、それこそ誰も疑いようのない姿で泉のように噴き出すのです。それが人に束《つか》の間《ま》の望みを与えます。でも、泉はたちまち次の不行跡のおかげで曇らされ、又澄み返るのを見るときはいつのことか知れません。

それからアルフォンスのお母さまは、あの方は何をして下さったでしょう。母親らしい気持などはみじんもないあの冷たい方は、十二年も前に修道院に引きこもったきり、アルフォンスの結婚のときも、沢山お持ちのダイヤモンドのただ一粒でさえ、売ることを承知なさらなかったそうですわ。

そして私はこんな御両親の厄介者《やっかいもの》の息子の乳母さながら、アルフォンスが女役者のコレットにうつつを抜かせば、何とか水をさして別れさせ、四年前にアルクイユの村で事件を起せば、国王陛下の免刑状を何とか手に入れて、七ヶ月ばかりで牢《ろう》から出してやり、世間の噂を消してまわるために、莫大《ばくだい》なお金を使いました。

シミアーヌ　そのアルクイユの事件というのは？

（サン・フォン、大仰に鞭を鳴らす）

ああ、やっぱり……

モントルイユ　(苦々しく) サン・フォン様にはかないませんわ。何もかもお見とおしなんだから。

でも四年前アルクイユで、あの人が拾った女乞食《こじき》に働らいた不気味な乱暴は、今度の事件に比べれば小さなことでしたけれど、とうとう娘には知れてしまいました。娘もアルフォンスの怖ろしい素顔を見てしまったのです。比べもののないほど貞淑で、良人をなお愛しているルネは、そんなことでは挫《くじ》けずに、今日まで来ました。今度という今度は……。ああ、もう望みのない事態と知りながら、何とか娘のため、今は娘のためだけに、アルフォンスを救ってやらなくてはならない。でも今度という今度は……。(ト泣く) 刀も折れ、矢も尽きてしまいました。

サン・フォン　サド家の御紋章は、双頭の鷲《わし》でしたわね。サド侯爵の鷲は、いつも双《ふた》つの頭をたかだかと掲げている。一方は十二世紀以来のお家柄の誇りの頭、一方は人間の源から掘り起した悪徳の頭。奥様、あなたは九年このかた、たえずその一方の頭を殺して一方の頭を活《い》かそうと、戦っておいであそばした。お力にあまる無駄《むだ》ないくさだった。どうしてその二つとも活かしてやろうとなさらないんです。双つの頭はもともと一つ身から出ていますのに。

モントルイユ　アルフォンスは病気なんです。片や世間をなだめてかかり、片や辛抱強く病気を治してやれば、いつかは必ず神のお力で、平和な仕合せが還《かえ》ってまいります。ルネも同じ考えですわ。

サン・フォン　でも快《こころよ》い病気をむりにも治せと、どうして患者を説得することができまして？　侯爵の御病気の特徴は、快《こころよ》さなのですわ。傍目《はため》にはどれほど忌《いま》わしく見えても、その中に薔薇が隠れている御病気なのですわ。

モントルイユ　思えば、今日こんなことになる兆《きざし》は、ずっと前から見えていたのでした。今日こんなにたわわに実《みの》って、毒々しい果汁《かじゅう》でいっぱいな熟《う》れた果物は、そのころはまだ青い木《こ》の実《み》だったのですわ。どうしてそのころ摘み取ってしまわなかったものか。

サン・フォン　摘み取っていらしたら、侯爵は死んでしまわれたでしょう。その果物はオレンジで、中には侯爵の赤い血が隈《くま》なく流れていたのですから。ねえ、奥様。悪徳にかけては名の高い私の申すことですから、よくお聴きなさいまし。悪徳というものは、はじめからすべて備わっていて何一つ欠けたもののない、自分の領地なのでございますよ。牧の小屋もあれば風車《ふうしゃ》もある。小川もあれば湖もある。いいえ、そんな平和な眺《なが》めばかりではなくて、硫黄の火を吹く谷もあれば荒野もある。獣《けもの》の棲《す》む森もあれば古井戸もある。……よございますか。それは生れながらに天から授かった広い領土で、あとでどんな意外に見えることに出会おうと、それは領土の外から何かが来たのではありません。

子供のころ、いいえ、少し成長してからも、私も経験から申すことですから間違いはございませんが、親や世間から与えられた遠眼鏡《とおめがね》を、（ト鞭《むち》を使って）こんな風に逆さに使って見ております。健気《けなげ》にも世間の道徳やしきたりの命ずるままに、逆さに眺めた遠眼鏡は、家のまわりのきれいな芝草や花を、なおのこと小さく見せるだけ。子供は安心して、小さな無害な領土の美しさに安住しています。いずれ大きくなったら、芝をひろげ、花をふやし、世間の人と同じように安楽に暮そうという望みさえ抱《いだ》きはじめます。

……でも、或る日、奥様、突然それが起ります。何の予感もなく、兆もなく、突然それがやって来ます。今まで眺めていた遠眼鏡は逆様で、本当はこんな風に、小さなほうの覗《のぞ》き口に目を当てるのが本当だという、その発見をする大きな転機が。サド侯爵にも、いつかは存じませんが、きっとその発見の日が来た筈《はず》です。そのとき今まで見えなかったものが突然如実《にょじつ》に見え、遠い谷間から吹く硫黄の火が見え、森の中で牙《きば》をむき出す獣《けもの》の赤い口が見え、自分の世界は広大で、すべてが備わっていることを知るのです。サド侯爵はその後御自分で意外だと思うものには、何一つお会いにならなかったでしょう。マルセイユで起った事件は、子供が蝶《ちょう》の羽をむしるような、自然な、ごく自然な事件だったのでございますわ。

モントルイユ　ああ、私には、何と仰言《おっしゃ》られようと、何のことかさっぱりわかりません。わからぬままに東へ走り西へ走って、今日まで戦ってまいりましたの。ただ一つわかっていましたことは、名誉ということでございました。でも御承知のとおり、奔走の甲斐《かい》もなく、エックス高等法院はアルフォンスに、斬《ざん》首刑《しゅけい》の判決を下し、行方をくらました被告の身代りに、先月の十二日、エックスの広場でアルフォンスの肖像画が、火あぶりにされたのでございます。ああ、ここパリにいながら、そのときの下民たちの歓呼の声、婿《むこ》のやさしく笑う金髪の絵すがたに、めらめらと火の燃え移るさまが目の前に……。

シミアーヌ　地獄の焔《ほのお》がちらとこの世に姿を現わしたはじめですわ。

サン・フォン「もっと焼け！」「もっと火を！」民衆はそう叫んだのでしょう。何のことはないその火刑は、民衆の嫉妬《しっと》の火だった。自分たちには叶《かな》えられない悪徳への。

モントルイユ　「もっと火を！」ああ、その声がこの邸《やしき》にまで迫って来たらどうしましょう。下民のなかには、娘や私の名まで喚《わめ》いていた者もあったそうです。
シミアーヌ　「もっと火を！」いいえ、それは浄《きよ》めの火ですわ。侯爵の肖像が焼かれただけで、すべての罪が償われたのですわ。
サン・フォン　「もっと火を！」あの人の白い豊かな頰《ほお》と金髪を、焰の鞭がしたたかに打った。二百十五、百七十九、……たしかにあの人の肖像はほほえんでいた筈ですわ。あの人の氷の快楽は、火に餓えていたのでしょうから。
モントルイユ　お察し下さいまし。このパリにいて、きくのは不吉な報《しら》せばかり。婿は行方不明。娘はラ・コストの城で泣き暮し、そうして、妹娘は、……あの清らかなアンヌ・プロスペル・ド・ロオネエは、……ああ、あの子こそこんなときに、母親の助けになってくれればいいのに、世間のあらゆる悪の影、サド家の投げたとりわけ暗い悪の影から、自分の純潔だけは守ろうと、供廻りをつれて静かな美しい土地を求めて、旅に出ているのでございます。私は一人ぼっち。頼る人とてなく、目《もく》論見《ろみ》はみな外れ、空へ向って助けを呼ぶ叫びに、咽喉《のど》も嗄《か》れ果ててしまったのでございます。（ト泣く）
シミアーヌ　奥様、どうぞお気をたしかに。お心強くあそばして。あなたが信心深い私にお望みのことはわかっておりますわ。折よくパリに御逗留《とうりゅう》中のフィリップ枢《すう》機卿《きけい》を、明日にでも早速お訪ねして、法王庁へ御赦免の沙汰《さた》をお願い出るようにいたせばよろしいのね。

モントルイユ　ありがとうございます。何とお礼を申し上げたらよいやら。お願い申上げたかったのは、実はそのことだったのでございますが、私の口から申上げるのは憚《はばか》られて、……何て御親切な。シミアーヌの奥様。

サン・フォン　親切を競うわけではありませんけれど、それに私は、正義や名誉や美徳の味方をする柄《がら》ではありませんけれど、あなたのためではなくて、サド侯爵のために、あなたのお望みのことを努めて見ましょう。つまり私がベッドの伴侶《とも》の手蔓《てづる》を次々と辿《たど》って、あの売春婦たちの遣口《やりくち》で、堅人《かたじん》の大法官モオプーをたらし込み、高等法院の判決の破棄までもって行けばよろしいのね。今日私をお呼びになったのはそのためでしょう？　つまり私に、……体を使えと仰言るのね。

モントルイユ　まあ、奥様、決してそんな。

サン・フォン　（高らかに笑う）いいのよ。美徳の成就《じょうじゅ》のために悪をも利用する、そのお心掛けは天晴れですわ。この世に値打のないものは何一つないことがおわかりでしょう。ともすると、サド侯爵さえ……

モントルイユ　では、お助け下さいますのね。
サン・フォン　ええ。
モントルイユ　ありがとうございます。お裾《すそ》に縋《すが》っても、お願いしたいと存じておりました。お礼の申上げようもございません。
サン・フォン　あなたからお礼を言っていただきたいとは存じませんよ。
（家政婦シャルロット登場）
シャルロット　あの、奥様……
モントルイユ　何だい。
シャルロット　あの……（ト躊躇する）
モントルイユ　そこでお言い。この奥様方にお隠しする秘密は、家じゅうに一つもなくなったんだし、……それに、おまえの内緒話をきくために、そこまで立ってゆく気力がもう私にはありません。
シャルロット　はい、奥様……
モントルイユ　お言い！
シャルロット　はい、只今《ただいま》サド侯爵夫人がお見えになりました。
モントルイユ　え？（トおどろく。女客二人も顔を見合わせる）……どうしてあの子がラ・コストの城から、……何の先触れもなしに、……いいわ、ここへお通しなさい。

シャルロット　はい。（ト退る）

（サド侯爵夫人登場）

モントルイユ　ルネ！

サド侯爵夫人ルネ　お母さま！

（二人抱き合う）

モントルイユ　よく来てくれましたね、ルネ。本当に会いたかったわ。

ルネ　お目にかかりたくて、ただそれだけで、矢も楯《たて》もたまらず旅仕度をしてまいりましたの。ラ・コストの城で暮す毎日、プロヴァンスの秋の雨、一歩城の外へ出れば、ひそひそ囁《ささや》きながらこちらを見る村人たちの目に会わねばならず、城へかえれば朝から晩まで一人ぼっち、夜になるとひろい壁には松明《たいまつ》の光りがゆらめき、梟《ふくろう》たちが啼《な》き交わす、……お母さま、一目でもいいからお目にかかり、一言《ひとこと》でもいいから打明けたお話をしたくって、パリまで馬車をいそがせてまいりましたの。

モントルイユ　よくわかりますよ、よくわかるよ、ルネ。ようこそ訪ねておくれだった。一人ぼっちはお前だけじゃない。私もこうして一人きり、不幸な娘の上を思い煩《わずら》い、気も狂わんばかりになっていました。ああ、こちらにおいでの奥様方、サン・フォン伯爵夫人はおはじめてね。娘のサド侯爵夫人ルネでございます。

ルネ　はじめまして。シミアーヌの小母《おば》さまにも、本当にお久しゅう。

シミアーヌ　御苦労をなさいましたね。

モントルイユ　奥様方が御助力を下さることになったのよ。このお二方が助けて下されば千万力《りき》の味方を得たようなもの。お前からもよくお礼を申上げて。

ルネ　どうもありがとう存じます。もうお力にお縋りするほかはございません。

シミアーヌ　どういたしまして。人様のお役に立つことが、私の喜びでございますもの。明日《あす》にも早速動き出すことにいたしましょう。

サン・フォン　では、もうお暇《いとま》を……

シミアーヌ　そういたしましょう。

モントルイユ　今日《こんにち》はまことにありがとうございました。では何分よろしくどうぞ。

ルネ　どうぞよろしくおねがい申上げます。

サン・フォン　で、お暇《いとま》する前に、一言《ひとこと》侯爵夫人にうかがってもよろしいかしら？　初対面でこんなことをうかがうのは何ですけれど、私の性分で仕方がありませんのよ。

ルネ　は？　何か？

サン・フォン　侯爵のことはお母様から何もかもうかがいましたし、私のほうでも世間の噂以上に豊かな知識を蒐《あつ》めております。こう申してよろしければ、お宅の御一家は今や透明な着物を着て世間を歩いていらっしゃる。もう何もあなたをお驚かせすることはないわけね。

ルネ　はい。

サン・フォン　サロンだったらはしたないと思われるお尋ねも、あなたは葡萄《ぶどう》の栽培や肥料の話をするように、心易く受けとめて下さいますわね。

ルネ　はい。

サン・フォン　サド侯爵はあのとおり、残虐《ざんぎゃく》がつまりやさしさで、鞭とボンボンを通してでなくては、心の本当の甘い優しさを表てに出せない方《かた》だと私思いますの。（ズバリと）そしてあなたには？

ルネ　え？

シミアーヌ　まあ、サン・フォン様！

サン・フォン　そしてあなたには？

ルネ　ただやさしいとお答えすれば、そのやさしさがつまり主人の残虐だとお思いになりましょうし、残虐だとお答えすれば、……

サン・フォン　大へん御聡明でいらっしゃる。
ルネ　こうお答えいたしましょう。あれは私の良人《おっと》でございます。良人が妻を愛するように愛してくれます。私どもの臥床《ふしど》をお目にかけても、他聞《たぶん》を憚るようなことは何一つございません。
サン・フォン　まあ。（ト目を瞠《みは》る）御立派だわ。御立派な御夫婦仲には、やさしささえ要りませんのね。
ルネ　ええ、そうして残虐も。
シミアーヌ　さあ、もうお暇《いとま》しなくては。
サン・フォン　ええ。どうもお邪魔を。
モントルイユ　お出《い》でいただいて本当にありがとうございました。何とお礼を申上げていいか……。
（サン・フォンとシミアーヌ退場）
ルネ　ああ。
モントルイユ　うまく切り抜けたよ。本当に堂々とした返事だった。私はあのときほど娘を誇りに思ったことはない。蝮《まむし》め！　あんな女に頼み事をしなければならないなんて。

ルネ　もう何も仰言らないで、お母様。このくらいのことは覚悟しておりました。……それで、あの方たちは、たしかに助けて下さるのですわね、救い出して下さるのですわね、アルフォンスを。

モントルイユ　そう約束して行きました。

ルネ　よかった。それを目の前で確かめただけでも、パリへ来た甲斐がありました。可哀想《かわいそう》なアルフォンス！

モントルイユ　お前がパリへ来たのは、私に逢《あ》いたかったからじゃなかったの？（さりげなく）……それで、アルフォンスは今どこにいるの？

ルネ　（無邪気に）さあ？

モントルイユ　本当にお知りでないのかい？　行先を現在の妻のお前にも知らせずにかい？

ルネ　私が知っていたら、人に問い詰められれば、白を切りとおすこともむつかしくなりますわ。結局知らないほうがいいんです、あの人の身の安全のためには。そうしてあの人の身の安全こそ、私の何よりの願いなんですから。

モントルイユ　貞女だわ、お前は。お前こそ私の教育と理想のみごとな花だというのに、相手があれでは……

かしら。

ルネ　相手によって貞淑の値打は変らないというのが、お母様のお訓《おし》えではなかったかしら。

モントルイユ　それはそうだが、物には程というものがある。

ルネ　良人の罪がその程を超えたのなら、私の貞淑も良人に従って、その程を超えなければなりません。

モントルイユ　ああ、そうして健気《けなげ》に悲しみに耐えているお前を見ると、私の胸も張り裂けそうだ。幼ないころのお前の仕合せそうな様子が、二重写しになって今のお前の不幸を際《きわ》立たせる。お父さまは税裁判所の名誉長官でいらっしゃったし、貴族としての位は低くても、うちにはサド侯爵家などが足もとにも及ばぬ財産があった。私たち両親はお前をゆたかに育て、フランスの王妃になっても恥かしくないほどの、気品と美しさと教養を身につけさせた。お前はどんな仕合せな生涯《しょうがい》だって送る資格をお持ちだった。

それなのに、ああ、元はといえば私のめがねちがいだが、お前はこの世で考えられるかぎりの怖《おそ》ろしい結婚をしてしまった。お前はプロゼルピーヌさながら、花を摘んでいるところをさらわれて、地獄の王の妃にされてしまった。おかくれになったお父さまも私も、誰《だれ》にもとやかく言わせない正しい生涯を送ってきたのに、何の祟《たた》りで可愛い娘に、こんな不幸を嘗《な》めさせる成行になったのだろう。

ルネ　不幸、不幸と仰言らないで。その言葉はきらいです。私は道ばたで物乞いをする癩《らい》病人ではございません。

モントルイユ　そうだわ、私はいつもお前に引きずられている。ひたすらお前によかれと思って、お前の望みのままに動いてきた。良人を救い出すのがお前の願いだから、今しがたのような恥を忍んでまで人に縋った。……でも、でも……。こうしてお前が思いがけなくやって来たから、今こそ言わせてもらいますよ。ブルボン王家などはもうどうでもいい。アルフォンスと別れておしまいなさい。

ルネ　神様が離婚をおゆるしにはなりません。

モントルイユ　ですからせめて離別をなさい。形はともかく、きっぱりと別れておしまい。神様が離婚の形をおゆるしにならないのは、つまり、お前の不幸だけを別居で癒《い》やして、ブルボン王家との縁はそのままに、とっておいて下さる思し召しなんだわ。

ルネ　（——間《ま》——）いいえ、お母さま、どんな形でも、アルフォンスと別れる気はございません。

モントルイユ　何故《なぜ》なの？　何故そんなに強情なの？　意地なのかい？　それとも世

間体《てい》？　……まさか、愛情なのではあるまいね。

ルネ　はっきり愛情と申してよいかどうか。でもお母様、決して意地ずくや世間体ではありません。……さあ、私がどう申上げても、とてもわかってはいただけまいと思いますの。お母様も御承知のとおり、今度の事件で、私はアルフォンスが何を欲し、何をしたか、その結果世間があの人を何と呼ぼうとしているか、すっかり知ってしまいました。それからはラ・コストの城で眠れない夜《よ》もすがら、結婚以来のことを考えつづけました。

今ではすっかりわかったんです。お母様、すっかりですわ。今までは記憶のなかにばらばらに散らばっていたものが、たちまちみごとにつながって、一連《ひとつら》の頸飾《くびかざ》りのようになりました。紅玉の頸飾り。血のように真赤な宝石の。

たとえばアルフォンスが新婚の旅の道すがら、ノルマンジーの百合《ゆり》の野の只中に馬車を止めて、花々を酔わせてやるのだと云って、赤葡萄酒の一樽《ひとたる》を白百合の花の上にぶちまけさせ、花弁から滴る赤いお酒をうっとりと眺めていましたこと、……また、はじめてラ・コストの城内を二人で散歩しました折、番小屋のなかに、藁縄《わらなわ》で縛られたたくさんの薪を見つけて、あんな醜い薪ではなくて、白樺《しらかば》の薪の束を金《きん》の縄で結えたらさぞ美しかろう、とアルフォンスが言いましたこと、……又、ラ・

コストでの狩のかえるさ、獲物《えもの》の白兎《しろうさぎ》の血に染った胸から、小さな心臓を素手でとり出して、恋心の形には兎も変りがないと、笑い興じておりましたこと、……その折々はみなあの人の気紛れや物好きだと思っていたことが、今では一《ひと》つながりの、それぞれ意味のあるものになりました。
そのあげく、私には、理窟《りくつ》に合わないこんな感情が生れました。記憶のあちこちに落ちちらばっていた紅玉の一粒一粒が、今俄《にわ》かに一連の頸飾りになったのなら、私はそれを大切にしなければならない。身の宝にしなければならない。もしかすると、記憶も届かない古い昔に、私の頸飾りの糸が切れ、そのとき落ちちらばった紅玉を、今やっと元の形で取り戻《もど》したのかもしれないから。
モントルイユ　お前は宿命ということを、言おうとしておいでなのだね。
ルネ　いいえ、宿命ではありません。
モントルイユ　でもその紅玉の一粒一粒は、お前でなくてアルフォンスが落したものなんだよ。
ルネ　そして私に献《ささ》げてくれたものですわ。
モントルイユ　お前は傲慢《ごうまん》と己惚《うぬぼ》れのおかげで、身を過まろうとしているんだ。
ルネ　だから、わかっていただけないと、今さっきも申しました。よくって？　お母様、私はもう真相を知りましたのよ。私の貞淑はその真相の上に立っていますの。おわかり？　アルフォンスの妻がこう言うことが。

モントルイユ　真相は、鞭とボンボン、それだけさ。不名誉と恥辱、それだけさ。

ルネ　それは知識ですわ、お母さま。世間の人はみんなそういたします。何か怪しげな事件が起る。屍《しかばね》にたかる蠅《はえ》のように、そこからありたけの知識を吸い取る。屍が始末されてしまうと、日記のなかに出来事を書きつけ、名をつける。不名誉、恥辱、そのほか何とでも。

モントルイユ　私のは知識ではありません。私が面《めん》とぶつかったのは、どうにも名のつけようのないものでした。自分の良人が怪物だったと片附けることは易しいことです。こちらはまっとうな、世間並みの、誰にもうしろ指さされない人間で。

ルネ　アルフォンスはいかにも怪物ですよ。まともな人間には、とても理解することなどできやしない。強《し》いて理解しようとすれば、こっちが火傷《やけど》をするだけだ。

モントルイユ　でも、良人が怪物だったら、こちらも安全確実な人間でいるわけにはまいりません。

ルネ　ルネ！　まさか、お前も……

ルネ　御安心あそばせ。お母様までサン・フォン様のような好奇心をお働らかせになるのね。私は、良人が悪徳の怪物だったら、こちらも貞淑の怪物にならなければ、と思いますの。私は名もつけようのないものに直面しました。世間ではアルフォンスが罪を働らいたと申します。でももう私の中では、アルフォンスと罪は一心同体、あの人の微笑と怒り、あの人のやさしさと残虐、あの人が私の絹の寝間着を肩から辷《すべ》らしてくれるときの指さきと、マルセイユの娼婦《しょうふ》の背中を打つ鞭を握っている指さきとは、一心同体なのでございますわ。娼婦に鞭打たれたあの人の真赤なお尻《しり》は、そのままあのけだかい唇《くちびる》と清らかな金髪へ、どこからどこという継目もなしに、つながっているのですわ。

モントルイユ　お前は聖《きよ》いものと瀆《けが》れたものとを一つなぎにして、自分をおとしめている。モントルイユ家の娘は、どんな一点でも、マルセイユの、……その、……そういう職業の女とは似ていません。そんなことで自分を安心させようとするのは、母親の私には面白くありませんよ。

ルネ　まだおわかりにならない。こんなにいつもアルフォンスを救けるために、力を合せ心を合せて働らいて下さるお母さまが、このことだけはわかって下さらない。

アルフォンスはね、たった一つしか主題を持たない音楽なんです。私はその音楽に貞節を誓ったのです。その同じ主題がやさしくもきこえ、あるときは血と鞭の高鳴りともきこえます。アルフォンスは私には、決してその鞭のほうの音はひびかせません。そんな心やりが私に対する敬意なのか侮辱なのかわかりはしません。でも今度のことでしみじみとわかったのは、女の貞淑というものは、時たま良人のかけてくれるやさしい言葉や行いへの報いではなくて、良人の本質に直《じか》に結びついたものであるべきだということですわ。蝕《むしば》まれた船は蝕む虫と、海の本質を頒《わ》け合っているのですわ。

モントルイユ　お前はだまされていたんですよ、そして私も。

ルネ　女が男にだまされることなんぞ、一度だって起りはいたしません。

モントルイユ　しかし、考えてもごらん、それがふつうの男でなかったら……

ルネ　でもアルフォンスは男ですわ！　私が知っております。……それは仰言るとおり、結婚のときは、こんな男とは夢にも存じませんでした。つい先頃《さきごろ》まで存じませんでした。それでも私がずっと前からアルフォンスを知っていたという気持は、引っくりかえりはいたしません。あの人に急に尻尾《しっぽ》が生えたり、角が生えたりしたわけではないのですもの。私はともするとあの人の陽気な額、輝く眼差《まなざし》の下に隠されていた、その影を愛していたのかもしれませんの。薔薇《ばら》を愛することと、薔薇の匂《にお》いを愛することと分けられまして？

モントルイユ　莫迦《ばか》をお言い。それは薔薇が感心にも、薔薇にふさわしい匂いを持ってるからだわ。

ルネ　アルフォンスの血を見たいという望みは、十字軍に加わった御先祖の遠い栄光にふさわしくないとは言い切れませんわ。

モントルイユ　それもお前、……賤《いや》しい職業の女の血をだよ。

ルネ　ああ、お母様、自然は結局どれもこれも、ふさわしいものばかりですわ。

モントルイユ　お前の口を借りて、アルフォンスが喋《しゃべ》っているようだ。

ルネ　どうぞ、どうぞ、お母様、アルフォンスを救い出して頂戴《ちょうだい》。おねがいですから。アルフォンスが今度赦免されれば、私も力のかぎり尽してみますわ。あの人の心を融《と》かし、あの人の暗い苛立《いらだ》った魂を慰め、二度と世間の噂《うわさ》にも立たず、古い噂もみるみる新らしい善い行いで、拭《ぬぐ》い去られるようにしてみせますわ。今度こそ、ああ……（トめまいを起して倒れかかる）

モントルイユ　（扶《たす》け起して）そら、ひどく疲れているんだ。あちらでお寝《やす》み。一時《いっとき》やすめば、心も静まっていい思案も出る。そうおし。私が連れて行ってあげるから。

（モントルイユ夫人はルネを扶けて寝室へ退場）

（入れかわりに、別の入口より、ルネの妹アンヌ・プロスペル・ド・ロオネエと家政婦シャルロット登場）

シャルロット　なぜお姉様に会おうとはなさいませんの。

アンヌ・プロスペル・ド・ロオネエ　会えばいろいろ具合のわるいことも言い合わなければならないからだわ。私がたまたまこうしてパリへ、お母さまに会いに帰ってきたとき、お姉さまと居合わせるなんて、まあ、何ということでしょう。……私、お姉様の、何もかも知っているという目つきが気に入らないの。事実、何もかも知っているんだわ。知っていて見すごしている。怖ろしい方！

シャルロット　実のお姉様をよくそんな風に仰言れたものですね。

アンヌ　シャルロット、退《さが》っておいで。私はここでお母様を待っているから。

（シャルロット退場。入れかわりにモントルイユ夫人舞台へ戻ってくる）

モントルイユ　まあ、アンヌ！　おかえり。

アンヌ　お母様、お久しぶりね。

（二人抱き合う）

モントルイユ　何というい日だろう。こうして同じ日に、娘二人が揃《そろ》うなんて。

アンヌ　今シャルロットからききましたわ。お姉さまはどこ？
モントルイユ　寝室でやすませてある。しばらくそっとしておいたほうがいいの。積る苦労もあることだし。……それで……、旅はいかがでした？　どちらのほうを廻ったの？
アンヌ　イタリー。
モントルイユ　イタリーはどこ？
アンヌ　主にヴェニスにいましたわ。
モントルイユ　大へんな遠くまで行ったものね。
アンヌ　人目を忍ぶ旅ですものね。
モントルイユ　何故お前が人目を忍ぶ必要があるの。清らかなモントルイユの娘のお前が。
アンヌ　連《つ》れが人目を忍べば仕方がありませんわ。
モントルイユ　「連れ」って？　お友達でも一緒だったの？
アンヌ　いいえ、お義兄《にい》様と。
モントルイユ　え？
アンヌ　アルフォンスとだわ。

モントルイユ　え！（ト倒れんばかりおどろく）それで……それで……お前、旅の間ずっとアルフォンスと一緒だったのじゃあるまいね。
アンヌ　ずっと一緒でしたわ。
モントルイユ　まあ、お前は何という……
アンヌ　いいえ、私のせいじゃないわ。ラ・コストの城へ招かれて行って、その最初の晩にお義兄《にい》さまが私の寝室へ入っていらした。否《いや》も応もなかったわ。そのうちにあのことで追手がかかった。お義兄《にい》さまは私に一緒に逃げてくれと仰言ったの。それから二人でイタリーを転々として暮しましたの。
モントルイユ　まあ、何という、何という怖ろしい。あれは外道《げどう》だわ。あいつは悪魔だわ。大事な娘を、一人ならず、二人まで。……（ややあって我に返り）可哀想なルネ！　あんなに良人に貞淑のかぎりを尽してきたあげくがこれでは。……いいこと？　アンヌ。私に約束して頂戴。このことだけはあなたと私との間の秘密にして、ルネには決して知らせないこと。わかって？　もしこれが知れたら、ああ、可哀想に、ルネは死んでしまうだろう。
アンヌ　お姉様は知ってらっしゃるわ。
モントルイユ　え？

アンヌ　もう知ってらっしゃるというのよ。

モントルイユ　何ですって？　知っているって、何を？

アンヌ　ラ・コストの城で、私とアルフォンスの間で起ったこと……

モントルイユ　まあ、ルネが……

アンヌ　それから二人でイタリーへ行ったこと、それから今のアルフォンスの隠れ場所も。

モントルイユ　ルネが知っているって？　知っているって？　私にまで隠していた。何という……。（急に思いついて）ねえ、アンヌ。今アルフォンスはどこに隠れているんです。お前も知っておいでだろう。

アンヌ　知ってるわ。

モントルイユ　どこ？

アンヌ　サルデニア王国のシャンベリー、そこの町外れの田舎家に隠れています。

モントルイユ　サルデニア王国の？

アンヌ　シャンベリー。

（モントルイユ夫人、じっと何事か考えている）

モントルイユ　（突然）シャルロット！　シャルロット！

（シャルロット登場）

モントルイユ　今手紙をいそいで三通書きます。すぐ届けに廻って頂戴。

シャルロット　畏《かしこ》まりました。（ト退ろうとする）

モントルイユ　ここでお待ち！　一刻を争うのだから。

（シャルロット舞台にとどまる。モントルイユ夫人、セクレテエルの前に坐《すわ》り、机を引出して、急速度で三通の手紙を書き、封をする間、アンヌとシャルロットの会話）

シャルロット　ヴェニスの夏はいかがでございました、お嬢さま。

アンヌ　すばらしかったわ。（夢みるように）危険、やさしさ、死、濁った運河、水嵩《みずかさ》が増すと水にひたって通れなくなる教会の広場……

シャルロット　一生に一度でもそんなところへ行ってみたいものでございますわ。

アンヌ　夜ごとの決闘さわぎ、朝霧のなかで小さな橋にのこっている血だまり、たくさんの鳩《はと》、空いっぱいの鳩、……静まっているときは、サン・マルコの広場いちめんに、不平そうに歩きまわっている鳩たちが、何かにおどろいて、一せいに翔《た》つ羽音の力強さ。……あの人の肖像は、どこかでもう火に焼かれたんだわね。

シャルロット　え？　どなたの肖像でございますって？

アンヌ　鐘の音、澱《よど》んだ水の上をつたわる鐘の音、鳩ほどにおびただしい橋の数、……それから月だわ。赤い月が運河からのぼってきて、私たちの寝床を照らしたときに、百人の処女の新床《にいどこ》のように真赤になったわ。百人の……

シャルロット　ゴンドラや舟唄《ふなうた》も、さぞお愉《たの》しみになったでしょうね。

アンヌ　ゴンドラですって？　舟唄ですって？　……そう、それが世間の人たちのヴェニスなのね。

（モントルイユ夫人、三通の手紙を持って立上る）

モントルイユ　シャルロット！

シャルロット　はい。

モントルイユ　一通はサン・フォン伯爵《はくしゃく》夫人へ、一通はシミアーヌ男爵夫人へ、もしお留守だったら、さっきお頼みした件を、いそいでお取り消しねがうお願いの手紙だと、取次ぎの方に言うこと。わかりましたね。（ト二通を渡す）

シャルロット　はい。（ト受取る）

モントルイユ　もう一通は、国王陛下へのお願いの手紙だけれど、（トのこり一通を持ったまま思案して）いいわ、これは私が自分で宮中へお届けに上りましょう。

――幕――

第二幕

（一七七八年九月。すなわち第一幕の六年後）

（ルネ上手《かみて》より、アンヌ下手《しもて》より同時に登場）

ルネ　アンヌ！

アンヌ　お姉さま！　いいおしらせよ！

ルネ　まあ、アンヌ、いきなりそんな……

アンヌ　（巻いた紙を高くかかげて）ほしかったらあげるわ。

ルネ　じらさないで！　アンヌ。

アンヌ　ほら、こっちよ。

ルネ　いやな人！

（二人、大仰な衣裳《いしょう》のまま、飛びまわり、やっとルネはその紙を取上げる）

ルネ　何ですって。（トやっと落着いて読む）

「エックス・アン・プロヴァンス高等法院判決書。
本年五月、かねてヴァンセンヌ城に禁固されたりしドナチアン・アルフォンス・フランソワ・ド・サド侯爵《こうしやく》に対し、再審を求むる金印書状が王より発せられ、当裁判所はこれを認可し、一七七二年の判決を破棄し、新たに審理を重ねたる結果、ここに同侯爵に対し、次のごとき判決を下すものなり。
被告ドナチアン・アルフォンス・フランソワ・ド・サドは、鶏姦《けいかん》並びに風俗壊乱の罪により訓戒処分を受け、罰金五十リイヴルを科せられ、さらに向う三ヶ年マルセイユ滞在を禁ぜらる。なお罰金支払と同時に、その名は囚人名簿より抹消《まつしよう》せらるべし」
アンヌ　まあ。（トしばし安堵《あんど》のあまり茫然《ぼうぜん》とする）いいおしらせでしょう、お姉様。
ルネ　夢のようだわ。
アンヌ　いいえ、悪い夢がさめたのだわ。
ルネ　これでアルフォンスは自由の身になった、そして私も。……六年間、……アンヌ、おぼえていて、六年前の秋、この家のこの同じサロンで、アルフォンスのことでみんなで思案を重ねたものだわ。あれは怖《おそ》ろしいマルセイユの事件のあと、あなたがアルフォンスの心を慰めるために、イタリー旅行へ出かけて帰ってきたとき。

アンヌ　「心を慰めるため」だなんて、そういう言い廻しはもうよしましょうよ。みんな昔のことですもの。

ルネ　そう、昔のことだわね。あれからの六年間には、アルフォンスを自由の身にしたいという一念を経糸《たていと》に、もつれた緯糸《よこいと》が色さまざまな模様を描いた。私は六年間どうしてもひらかない石の扉《とびら》を叩《たた》きつづけた。爪《つめ》は剝《は》がれ、拳《こぶし》は血まみれ、それでも私の力ではどうしても扉は開かなかった。

アンヌ　でもお姉様はよくなさったわ。

ルネ　私の力ではどうにもならなかったのよ。あの石の扉をアルフォンスと私の間に、ぴたりと閉めてしまったのがお母様のお力なら、今度こうして、思いがけず開けて下さったのもお母様のお力なのだから。

アンヌ　よくわかっていらっしゃるのね。

ルネ　それがこうしてパリにいるあいだ、又お母様のところへ身を寄せるようになった理由ですもの。お母様に敵対していたあいだは、パリへ来てもホテル住いでした。

アンヌ　今はもう母子三人何のわだかまりもないというわけね。

ルネ　あなたも大人になったし、……そうして私も、……年をとりました。

アンヌ　いいえ、今喜びにかがやいているお姉様のお顔は、六年前よりももっと若々しくおきれいだわ。

ルネ　幸福というものが、アンヌ、泥《どろ》の中の砂金のように、地獄の底にもきらめいているものだとわかったんだわ。私にとっての幸福とは何でしょう。世間の見る目では、私は不幸な中にも不幸な女。何度となく良人《おっと》に背かれ、しかもその良人は獄舎《ひとや》につながれ、忌《いま》わしい噂《うわさ》に包まれ、せめて暮し向きでも豊かになればこそ、ラ・コストの城の費《つい》えも尽きて、冬の薪にも事欠く今では、ベッドにもぐって煖《だん》をとるほかはないのですもの。それだけにこの春ほど、うれしい春はありませんでした。城のまわりの草もみどりになり、あの凍える氷の城の床《ゆか》の上に、はるか高い丸窓から温かい日光と小鳥の囀《さえず》りが、まるでかがやく巨《おお》きな真鍮《しんちゅう》の喇叭《らっぱ》のような形をして下りて来たとき、私はアルフォンスの救われる日が近いという望みを持ちました。そのときアルフォンスの悪徳と私の不幸とは、いわば同じものになったのだわ。この二つはほんとうによく似ている。アンヌ、そう思わない？　悪徳も不幸も伝染病のように人に怖れられ、そばへ寄れば伝染《うつ》るような気を起させ、しかも人々が一番倦《あ》きない話題もこの二つ。私の不幸がこの六年間で、やっとアルフォンスの悪徳の高みにまで行き着いた。私はそう思ったの。アルフォンスの怖ろしいほどの孤独が、あの人が牢《ろう》へ入ってからというもの、私には手に取るようにわかって来ました。あの人がどんな忌わしい所業を重ねて来ようと、あの人が求めているのは不可能なことで、どれほどの人数の女や男があの人の遊びに加わろうと、その不可能に鼻つきつけているのはあの人一人だったということ。アルフォンスは誰《だれ》も愛したことがないんです。……あなたを含めて。

アンヌ　お姉様も含めて？

ルネ　それが私たちが仲直りのできた一番の理由かもしれないわね。

アンヌ　でも本当のところは、お姉様だけは愛されていると信じていらっしゃるんでしょう。

ルネ　空想は自由だわ。私もアルフォンスから空想の力を教わりました。

アンヌ　じゃあ、幸福は？

ルネ　それは私の発明。アルフォンスが決して教えてくれなかったのはそれですものね。幸福というのは、何と云ったらいいでしょう、肩の凝る女の手仕事で、刺繡《ししゅう》をやるようなものなのよ。ひとりぼっち、退屈、不安、淋しさ、物凄《ものすご》い夜、怖ろしい朝焼け、そういうものを一目《ひとめ》一目《ひとめ》、手間暇をかけて織り込んで、平凡な薔薇《ばら》の花の、小さな一枚の壁掛を作ってほっとする。地獄の苦しみでさえ、女の手と女の忍耐のおかげで、一輪の薔薇の花に変えることができるのよ。

アンヌ　これからアルフォンスは、そのお姉様の丹精の薔薇のジャムを、毎朝パンにつけて上《あが》るわけね。

ルネ　皮肉屋ね、アンヌは。

（モントルイユ夫人、上手より登場）

モントルイユ　ルネ、よかったわね。おめでとう。わざとアンヌをこっそりお使者に立てて、書類を持って来させて、あなたを愕《おどろ》かしてあげようと思ったのよ。

ルネ　ありがとうございます。みんなお母様のおかげだわ。

（トひざまずいてモントルイユ夫人の裾《すそ》に接吻《せっぷん》する。モントルイユ夫人困惑して、アンヌと目を見交わす）

モントルイユ　（ルネを扶《たす》け起して）そんなに大袈裟《おおげさ》に感謝しないで頂戴《ちょうだい》。廻り道をとおって私もお前のまごころに打たれ、こうしてとうとうお前の念願を叶《かな》えてあげる気になったのも、親と子の自然のつながりが、よみがえったと思ってくれればいいのよ。これまではずいぶんお前も、私を怨《うら》んでおいでのようだったが……

ルネ　それを仰言《おっしゃ》られると、顔が赤くなりますわ。すべての結着がついた今では、あの人もラ・コストの城へ帰っておりましょうし、私も早速帰り仕度を……

モントルイユ　（すばやくアンヌと目くばせを交わし）そんなに急ぐことはないわ、ルネ。

アンヌ　こんなときこそアルフォンスを少しじらせておやりになったらいいのだわ。

モントルイユ　まあ今日一日はここにいて、昔の仲になった母子《おやこ》三人で、永い苦労を語り合ったらいいのだわ。今なら笑って話せる。五年前の春、アルフォンスの脱獄がお前の手引で巧《うま》く行って、私が死ぬほどおどろいたあのときのことも。

ルネ　あのときはお母さまを一途《いちず》にお怨みしていて、良人を救うためには大それたことを自力《じりき》でやるほかはないと思い詰めておりました。

モントルイユ　あのときは、正直な話、お前を見直しましたよ。大人しくて引込思案だと思っていたお前を、やはり私の娘だと思わせるだけのものが、あのこまかい手落ちのない企て、あの決断、あの勇気のすべてにこもっていました。でも、言っておかなければならないことは、ルネ、悪を救うにも法と正義の力だけしか頼りにならないということですよ。私もお父さまも終始一貫それでやって来ました。それでちゃんとそれだけのものは、報いられて来たんです。神様を口実にして、浮世を離れて、ダイヤの一粒も身から離さずに、死んで行かれたアルフォンスのお母さまとはちがいます。

アンヌ　でもアルフォンスはあんな冷たいお母さまの亡《な》くなったときも、泣き暮した

　というじゃありませんか。
ルネ　折角身を隠していたものを、お母さまのお葬《とむら》いにパリまで出てきて、又捕まってしまったのですもの。
モントルイユ　あの人のお父さまが亡くなられたときもそうでしたよ。あんまり身も世もあらぬ嘆きをするので、私も思わず身につまされたくらいでした。
ルネ　私が死んだときも泣いてくれるでしょうか？
モントルイユ　さあ、お前が母親ならともかく。……でもここ数年間の、牢屋の中のアルフォンスへのお前の心づかいは、母親はだしでしたからね。
アンヌ　私はあの人には一度も母親ぶったことはありませんでしたわ。
ルネ　私だって好んで母親ぶったわけじゃありません。
モントルイユ　おやおや、お前たちはこのれっきとした母親の前で、妙に母親の役割を軽《かろ》んじておみせだね。どうとでもお言い。とにかく私にとっては、アルフォンスは、手塩にかけて育てた可愛《かわい》い娘を二人まで、ないがしろにした男だという怨みは消えません。これだけはルネもわかっておくれよ。
ルネ　あの人は私をないがしろにはしておりません。
アンヌ　私もだわ。

モントルイユ　（苦々《にがにが》しさを隠して）これは面白《おもしろ》い。どういうわけ？

ルネ　あの人の欲望は冒瀆《ぼうとく》によって燃え上る、丁度馬が清らかな霜柱を踏みしだいて勇み立つように。そのためにあの人は、いつもちゃんとした手続を踏むのです、汚れた土にしみた水を、朝の冷気で険しく聖《きよ》い霜柱に結晶させる、ただそれを踏みしだくために。あの人のおかげで娼婦《しょうふ》も女乞食《こじき》も、一度は聖女にされたのでした、そのあとで鞭《むち》打たれるために。ところがあの人はそのすぐあとで、夢は破れて、女乞食や娼婦たちを門からお尻《しり》を蹴《け》って追い出します。……あの人はそれらの快楽の瞬間々々から自分のなかに貯《たくわ》えたやさしさの蜜《みつ》を、誰にも与える相手がみつからず、結局私のもとへかえって来て、そのやさしさのありたけを注《そそ》いでくれるのですわ。眩《まば》ゆい強い夏の太陽の下から、汗水垂らしてやさしさの蜜を蒐《あつ》めて来て、暗い涼しい巣の中で待っている私に与えてくれる、あの人は快楽の働き蜂《ばち》なのですわ。蜜をかもし出す、血の色をした花々は、決してあの人の恋人ではありません。神聖にされ、踏みにじられ、蜜を採られ、……それだけです。ないがしろにするとは、そのほうのことじゃございませんか。

アンヌ　お姉様は何でもそんな風に、理解と詩でアルフォンスを飾っておしまいになる。詩で理解する。あんまり神聖なものや、あんまり汚ならしいものを理解するただ一つのやり方。それは少くとも女のやり方じゃありませんわ。私はあの人を理解しようなどと思ったことさえなかった。だからあの人も安心して、一人の男になって私を愛撫《あいぶ》し、私も一人の女になってあの人にこたえました。

ルネ　そこまであなたが言うなら私も言うわ。私はあなたを道具に使ったの。アルフォンスはときどき凡人になりたかったんです。でもあの人が凡人でないと知っている私の前では無理だから、私があなたを選んであげたのだわ。

アンヌ　お姉様の思い出のなかには私のヴェニスはないわ。お気の毒に！　あの霧に包まれた運河から昇ってくる赤い肝臓みたいな月はないわ。橋の上でマンドリンを掻《か》き鳴らして歌う男の、甘い歌声に包まれた窓ぎわの乱れた寝床が、海の湿気と匂《にお》いに充《み》ちて打ちあげられた海藻《かいそう》と、その白い砂浜のように見えたものだわ。あの人は血の思い出をひとつも語らなかったけれど、あの人の目にうかんでいる血なまぐさい思い出が、私たちの限りないやさしさの泉でしたわ。

モントルイユ　何というはしたない！　およしなさい。それに今さら六年前のことで、姉妹《きょうだい》が口争いをするなんて、今の喜びには場違いですよ。せめて私も怒りを抑えて、アルフォンスのことをやさしく語りましょう。あの人の罪が雪《すす》がれた今では、せめてあの人の美点を探すことにしましょう。あれが信仰生活に入ったという噂は、どの程度まで根拠があったことなのだろう。

ルネ　折ふしの手紙に、一筋の淡い光りのように、あの人の信仰への望みがさし入っていることがございます。

モントルイユ　そしてその次の手紙が今度は、自殺するというおどかし、又その次が、私のことを打算的だの狡猾《こうかつ》だのという下品な罵《のの》り。わかっていますよ、私にはみんなわかっている。そこらが多分アルフォンスの美点なんでしょう。何一つ長続きのする情熱がなく、窓ごしに地獄をちょっとのぞいて、また天国へ駆け上《のぼ》り、そうかと思うと台所へ下りて来て、車夫馬丁のような悪口雑言。その上あれには、何だか本を書くとか、大そうな著作をするとかいう計画まであるそうな。おお怖い。私を魔女に仕立てあげるのでなければ、御自分を地獄の王に仕立てて気取るのが落ち。そんな本は誰も読む者はいますまい。

ルネ　あの人は感情は激しいけれど、感謝と恩義は忘れない人ですわ。今度のお母さまの御力添えには、それと知ったら、きっと一生忘れない感謝を捧《ささ》げると思いますわ。

モントルイユ　どうかそうあってほしいものですね。

（シャルロット登場）

シャルロット　サン・フォン伯爵夫人がお見えでございます。何でも散歩のおついでにお立ち寄りになったとか。

モントルイユ　そう。（ト思案して）まあ、あの方には洗いざらいお目にかけてしまった間柄《あいだがら》だし、……お通ししておくれ。

シャルロット　はい。

（シャルロット退場と同時にサン・フォン登場）

サン・フォン　御案内もいただかないうちから、通らせていただいたわ。よございましょう、帚《ほうき》に乗って窓から入ってくるわけじゃないのですから。

モントルイユ　何ということを！（ト十字を切る）

サン・フォン　あなたが十字をお切りになっても、シミアーヌの奥様ほどお似合いにはならないわ。いやいやながら、世間態《てい》のために、という風に見えますもの。

モントルイユ　何とでも仰言いまし。

サン・フォン　今日はぜひきいていただきたいことがあって伺ったのよ。ゆうべ私は、ルイ太陽王の御代《みよ》にモンテスパン夫人がしたようなことをいたしましたの。

モントルイユ　つまり王のお相手をなさったというわけ？　でも今の王様ではね。

サン・フォン　いいえ、順を追ってお話いたしましょう。私にはあなたのような御立派な聴手が必要なんです。シミアーヌの奥様のように弱虫の怖がりではなく、勇気も胆力もおありになって、どこまでも美徳の代表を以《もっ》て任じていらっしゃる方。

モントルイユ　光栄に存じますわ、サン・フォンの奥様。

サン・フォン　私は恋の掛引や悪辣《あくらつ》な企み事や、マルゴ王妃まがいの仮面の芝居や下町のお忍び遊びや、そういうものにはもう飽き飽きしてしまいました。私自身の悪名にさえ飽きが来ました。罪と云ってみたところで、閨《ねや》にはじまって閨《ねや》に終るだけのこと、恋と云ってみたところで、蜜を混ぜた灰の味がするばかり。もしそこに何か神聖さが加わりさえすれば……

モントルイユ　まさかあなたが信仰生活に……

サン・フォン　その点は御安心あそばせ。奥様、快楽にだんだん薬味が要るようになると、人は罰せられた子供のたのしみを思い出し、誰も罰してくれないのを不足に思うようになります。ですから見えない主《あるじ》に唾《つば》を引っかけ、挑発《ちょうはつ》し、怒りをそそり立てようと躍起になるのでございます。それでも神聖さは怠けものの犬です。日向《ひなた》に寝そべって昼寝に耽《ふけ》り、尻尾《しっぽ》を摑《つか》もうが、髭《ひげ》を引張ろうが、吠《ほ》えることはおろか、目をひらいてさえくれはしません。

モントルイユ　あなたは神を怠けものの犬だと仰言るのね。

サン・フォン　ええ、それも老いぼれた。
モントルイユ　娘たちが大人になっていてよございました。年頃《としごろ》の娘にこんなお話をきかせでもしたら……
サン・フォン　でも奥様、きいていただきたいことはこれからですの。私はサド侯爵を多分誤解していて、白い手をした金髪の罰し手、鞭をふるう者、執行人、神の代理人かと思っておりました。今はそれが私の誤解だとわかります。侯爵はただ私のお仲間、私の一党にすぎませんの。昼寝をしている怠けものの犬のまわりでは、鞭打つ者も打たれる者も、罰する者も罰せられる者も、まるで同格の哀れな挑発者にすぎません。一人は鞭打つことで挑発し、もう一人は打たれることで挑発し、一人は血を流させることで、一人は血を流すことで、……それでも犬は目をさましはいたしませんの。サド侯爵は私と一味徒党なのでございますわ。
モントルイユ　どうしてそれがおわかりになりまして？
サン・フォン　わかりはいたしません。ただ感じただけ……
モントルイユ　いつ？
サン・フォン　いつ感じたかって仰言るのね。私がテーブルになっておりましたとき。
モントルイユ　テーブルですって？

（娘二人もおどろいて囁《ささや》き合う）

サン・フォン　人間だってテーブルになるくらい訳《わけ》もありませんわ。はっきり申せば、私はこの体を裸にされて、ミサの祭壇に使われたのです。

（聴手三人は息を呑《の》む。ルネは身を慄《ふる》わせつつ聴き、次の話の間、只《ただ》ならぬ様子を見せる）

場所も人の名も申せません。ルイ十四世の御代《みよ》のギブールはもうこの世の人ではございませんし、私はましてモンテスパン夫人の足許《あしもと》にも及びません。でも私もモンテスパン夫人と同様に、進んでこの身をミサのテーブルに使わせたのでございますわ。黒い柩《ひつぎ》の布の上に、私のまっ白な裸が仰向けに寝かされました。私は目を閉じて自分の裸が、どんなに白く美しく輝き渡っているかを感じました。目を閉じて裸の肌《はだ》で感じること、世のつねの女がみんな知っているあの感覚から、懸け離れたものは何一つありませんでした。私の乳房とお腹《なか》のあいだに小さなナプキンがひろげられました。その感じは冷たい洗いたてのシーツで知っております。私の双の乳房の谷間に銀の十字架が置かれました。いたずらな殿方が事のあとで果物の梨《なし》を置いたその感じ。私の丁度股《また》のあいだに銀の神聖な杯が置かれました。そのひやりとした感じはセーブル焼の瀬戸物のおまるそっくり。……何一つ、何一つ、身をふるわせるような瀆神《とくしん》の喜びはありませんでした。祝聖の時が近づき、私は両手に火をともした燭台を持たされました。焔《ほのお》は遠く、蠟《ろう》のしたたりさえほのかでした。太陽王の御代《みよ》の黒ミサでは、本当の赤ん坊を生贄《いけにえ》にしたそうですが、今は黒ミサも堕落して、私に使われたのは仔羊《こひつじ》でした。司祭はイエス・キリストの名を唱え、私の頭上で悲しげな仔羊の啼《な》き声が急に異様な呻《うめ》きに変ると、そのときですわ、そのときはじめて、私の上で流れたどんな殿方の汗よりも熱い、どんな殿方の汗よりも夥《おびただ》しい、仔羊の血が私の胸、私のお腹、私の股の間の聖杯の中へ滴りました。……それまでは戯《たわむ》れ心が半分、ものずきが半分だった冷たい私の心に、そのときはじめて、火のような喜びが燃え立ちました。みだらな十字架の形をまねて思い切りひろげた私の両手に、ゆらめいた蠟燭《ろうそく》が熱い蠟を垂らし、その両手の火が磔《はりつけ》の釘《くぎ》をあらわすという秘儀が如実《にょじつ》にわかりました。

私は何も得意満面で、こんなことを申上げるのではございませんわ。でもわかっていただきたいことは、私がアルフォンスの丁度反対側にいて、アルフォンスのおのきをわがものにしたことですの。

アルフォンスは専《もっぱ》ら見、私は専ら見られた。それぞれの経験はちがいます。でも仔羊の血が私の裸の上に雨とそそがれたとき、私にはアルフォンスが何者であったかがわかりました。

ルネ　何者だったと仰言いますの。
サン・フォン　アルフォンスは私だったのです。
モントルイユ　え？
サン・フォン　私だったのです。つまり血を浴びた肉のテーブル、目も見えず手足も萎《な》えて、神が三月《みつき》の流産で流した胎児、そうです、サド侯爵は自分から脱け出したときにしか自分になれない、神の血みどろの落し児だったのです。その場にいるアルフォンス以外の者、アルフォンスにいじめられている女こそアルフォンスだし、アルフォンスを鞭打っている女こそアルフォンスだった。あなた方がアルフォンスと呼んでいられる人は、あれはただの影にすぎませんの。
モントルイユ　つまりアルフォンスには罪がないと仰言るのね。
サン・フォン　あなたのお使いになる言葉ではそうなるでしょうね。
アンヌ　（急に笑い出す）まあ、サン・フォンの奥様と、エックス高等法院の堅物《かたぶつ》の裁判官とは、おんなじ御意見だったわけですわね。
ルネ　（突然、憑《つ》かれた如《ごと》く）あの人には罪がないんだわ。あの人は無実だわ。あの人は清浄潔白ですわ。（紙をとり出し）奥様。喜んで下さいまし。母の尽力で、このとおり、あの人はとうとう自由の身になりましたの。

サン・フォン　おかしいのね。六年前は、折角判決破棄のお手助けをしようとしたのに、すぐあとできっぱり断っておいでになったお母様が、今度は御自分でお動き出しになるなんて。そうして日付は？

ルネ　日付と仰言いますと？

サン・フォン　ええ、その新らしい判決の日付は？

ルネ　気がつかなかったわ。さっきは嬉《うれ》しさのあまり読みすごして。（アンヌとモントルイユ夫人後景に退く）でも、どこに日付が。……こんなに小さく。気がつかなかったわけですわね。「一七七八年、七月十四日」……七月十四日。きょうは九月一日。一ヶ月半も前の判決。……私は夏のあいだ、何も知らずにずっとパリにいて。……何も知らずに。（鋭く）アンヌ！　どういうわけなの、これは。どうして今ごろ。

アンヌ　…………。

ルネ　お母様、何故《なぜ》ですの。一ヶ月半も、こんなうれしい知らせをひた隠しになさって。

モントルイユ　…………。

ルネ　アルフォンスはどんなにかラ・コストの城で、私を待ち暮していたでしょうに。……でも、……でも、その間、何の便りもなく。（急に不安にかられて）私、これからすぐラ・コスト へ帰ります。

サン・フォン 無駄《むだ》だわ、お帰りになっても。

ルネ 何故でございます。

モントルイユ 奥様！

サン・フォン 今ごろはサド侯爵は、又牢屋《ろうや》に入れられておいででしょう。但《ただ》し前とはちがう牢屋に。そのもう安心という頃合《ころあい》を見計らって、お母様はあなたにおしらせになったのよ。

ルネ そんな莫迦《ばか》なことが。アルフォンスはもう自由の身なのでございます。そんな莫迦なことが、ねえ、お母様。

モントルイユ 奥様はお前をからかっておいでなのよ。

サン・フォン モントルイユの奥様。今日こそあなたのような身持の正しい立派な御婦人が、私のような女とお附合になったことを後悔なさる日になりますわ。六年前、あなたは私を利用しようとなさった。むしろ私の悪名を利用しようとなさった。そのすぐあとでお気持を飜《ひるが》えして、断わっておいでになった。あのことはよく憶《おぼ》えております。利用しようとなさったことは許せても、お断わりになったことは許せません。私は私らしくもない人のよさの思い出に、それから苦しめられ通しでございました。そこでそのお返しに、その充《み》たされなかった善行の喜びのために、ここでもう一度、どうしても私が柄《がら》にない役を演じなくてはなりません。私が正しいことを申上げる羽目になったのは、あなたのせいよ。いいえ、いつも正しいあなたの感化を受けたと申しましょうか。

モントルイユ　奥様！　人の家のなかのことに嘴《くちばし》をおはさみになるものではありません。

サン・フォン　そもそも私の毒々しい嘴をお求めになったのはどなた？

ルネ　ああ、奥様、仰言って！　あなたは何か怖ろしいことを御存知だわ。

サン・フォン　可哀《かわい》そうなルネ。アルフォンスはお母様の罠《わな》にかかったのよ。エックス高等法院の再審も、親切ごかしにその罠にかけるための方便でした。

ルネ　まあ……。

サン・フォン　いつも私の蒐《あつ》める知識が正確なのはよく御存知ね、ルネ。私もきのう、そのいきさつをはじめて詳さに知ったところですの。去年アルフォンスのお母様が亡くなられたとき、モントルイユの奥様が、すぐさま陛下に勅命拘引状を申請して、それで隠れ家《が》のアルフォンスが又捕まった経緯《ゆくたて》は御承知でしょうね。

ルネ　それはうすうす……

モントルイユ　もうよろしいじゃございませんか、奥様。

サン・フォン　（モントルイユに）その勅命拘引状の効力が切れないうちに、あなたはアルフォンスの再審を申請なさった。そちらがたとえ微罪ですんでも、すぐさま王家の裁判権で捕まえられる。そこでアルフォンスは、七月十四日の高等法院の判決で釈放されると、忽《たちま》ち今度は王家の警官に取り囲まれて、所も同じヴァンセンヌの牢獄に逆戻《もど》り、しかも前よりもずっと暗い、ずっと寒い、ずっと湿気《しつけ》の強い、外《そと》の景色も見えない独房に移されたのです。途中で例のとおり脱走事件も起りましたけれど、今はあなたも御安心ね。お婿《むこ》さんは今、二重の鉄の扉で閉ざされ、明り取りさえ鉄格子に遮《さえぎ》られた、井戸の底のような牢にたしかにおいでです。今度こそはおいそれと出られはしませんわ。

（一同沈黙）

アンヌ　（急に立上り）サン・フォンのおばさま、散歩の途中にお立寄り下さったのね。

サン・フォン　ええ、そうよ。

アンヌ　私もその散歩のつづきにお供をしたいわ。

サン・フォン　ええ、いいことよ。あなたのような可愛《かわい》い美しい道具を、散歩のお連れにできるなんて仕合せだわ。むかしはお姉さまの道具、今はお母様の道具、アンヌ、今度は私の道具になって頂戴。

アンヌ（わざとうきうきと）テーブルになりと、抽斗《ひきだし》になりとお使い下さいましな。

サン・フォン　本当にききわけのいい方ね。具合の悪い場所から逃げ出すには、ちゃんと折り畳みの翼を持っていらっしゃる。その翼だけはまちがいなくあなたのものね。では、奥様。（ト目礼しつつ、アンヌを伴い、下手へ入らんとして）シャルロット！

（シャルロット登場）

私の顔をよく覚えておいてね。もう二度とこのお宅へ伺う折もなさそうだから。そしてこれからお前は一生のあいだ、立派な正しい方々のお顔をしか見ないだろうから、不身持というものがどんな顔をしているか、よく見覚えておくんだね。

（二人、シャルロットと共に退場）

（ルネとモントルイユ夫人、沈黙の対峙《たいじ》）

ルネ　一つ伺いたいことがありますわ。どうして私にあんなひどいお隠し立てを。

モントルイユ　それはお互い様というものじゃないか、ルネ。六年前、お前は私にあれほど哀訴嘆願しながら、水くさい隠し立てをしておいでだった。それもみだらな。……アンヌの口からそのことをきいてから、私の気持が変ったのも無理はあるまい。王様に手紙をさし上げ、サルデニア王国の大使を通じて、アルフォンスをシャンベリーでつかまえる命令が下ったのも、いわばもとはと云えば、お前の隠し事から出たことじゃないか。

今度のことだって、母親として十分考えてやったことだった。あれから六年間、私たちは敵味方に分れて、私はどうでもアルフォンスを閉じこめておきたい、お前はどうでもあれを自由の身にしたい、それでお互いの裏を掻《か》くことばかり考えてきた。私もだんだん年をとって、疲れてきて、淋しくなって、性悪《しょうわる》な婿をとじこめておきたい気には変りがないが、娘とだけはいがみ合いたくない、と思うようになった。

それもお前の仕合せを思えばこそ。

ルネ　（呆然《ぼうぜん》と）私の仕合せ……

モントルイユ　事実、いよいよ私がお神輿《みこし》を上げて、高等法院の再審の運動をはじめたときの、お前の喜びようと云ったらなかった。それ以来親子は今日まで昔の睦《むつま》じさを、物の見事に取り戻していたじゃないか。糠《ぬか》喜びと知ったお前の悲しい顔が見たくないばかりに、アンヌとも計って、高等法院の新らしい判決を、なかなかお前の耳に入れなかったのも親心なら、どうしてもいずれは耳に入れなければならない時期になって、さてお前の喜びの烈《はげ》しさを目の前にしては、身を切られるような思いをしたのも親心だよ。サン・フォン伯爵夫人のような性悪女の中傷を、お前はそのまま受け容れているわけじゃあるまいね。
ルネ　でも、アルフォンスが又暗いところへ入れられたのは本当でしょう。
モントルイユ　それは……
ルネ　お母様がそうさせたということも。
モントルイユ　私は別に王様じゃありません。
ルネ　ああ、何という酷《むご》いことを……
モントルイユ　本当にお前の目をさまさせるには、これくらいの酷《むご》さが必要だと思ったからだよ。察しておくれ。何も好き好んでこんなことをしたわけじゃない。でも、今度という今度はお前も目がさめて、アルフォンスのことをきっぱり思い諦《あきら》めてくれると思ったから……
ルネ　それはできません。
モントルイユ　何故なの、ルネ。いつまであの怖ろしい怪物を、良人と思っておいでなのだい。あの男は一時《いっとき》でもお前に忠実だったことがあるかい。それは牢屋の中で一人でいれば、手紙で泣き言も並べよう、哀れっぽい愛の言葉も書こう、千年変らぬ忠実を誓いもしよう、でもそれはみんな手紙の中だけでのこと、一度《ひとたび》自由の身になればその日から、あの男が何をはじめるか、いくらお前が盲《めく》らでもありありと見える筈《はず》。……別れておしまい。お前が仕合せになる道はそれしかない。

ルネ （独り言）私の仕合せ……。

モントルイユ 別れておしまい。

ルネ それはできません。

モントルイユ 何故、何故なの、ルネ。こうなっては私も、はっきり納得させてもらわなくては。五年前にも、あろうことか、税裁判所長官の娘のお前が、脱獄の手引をするなんて。

ルネ そのときですわ。そのときほど、私は牢の内外《うちそと》にいながら、アルフォンスの心は私の心だと、あれほど強く感じたことはありませんでした。百の嘆願もしりぞけられたあげく、毎夜毎夜ラ・コストの城で、誰一人相談相手もなく、私は良人の脱獄のはかりごとをめぐらしました。たった一人の思案。将棋の定跡を編み出すように、頭の中に図面をえがいて、その象牙《ぞうげ》の駒《こま》をあれこれとかち合せ、やがて白い象牙が思案の焔で瑪瑙《めのう》のようにほの赤く透けてくるまで、考えあぐねていましたとき、私はこんなに良人の心の近くにいると感じたことはありませんでした。私には急にわかりましたの。良人が次に犯す罪を夢み、それをますます不可能の堺《さかい》へ近づけ、悪徳の限りを究めようと試みながら、一つ一つ手落ちのない計画を立てているときは、きっとこんなだったにちがいないと。いいえ、きっとそうでした。誰にも秘し隠して、その罪の計画をたった一人で練っていたアルフォンスは、世界で一番孤独な人間だった。それは望みのない恋にかける望みよりももっと空《むな》しく、愛情を求めるためでもなく、ただ自分のやむにやまれない夢を、こっそりこの地上の或《あ》る場所或る時間へ、移すためのはかりごと。そして獲物《えもの》はといえば、つかのまにその手から辷《すべ》り落ちてしまうに決っている。私のしていることもそれと寸分たがわず、脱獄のあとの肩身の窄《せま》さもよくわかっており、秘密で、誰一人相談相手もなく、望みのない恋にかける望みよりももっと空しく、……あの人の愛情をあてにしてさえおりませんでした。

モントルイユ　世を憚《はばか》る人間の考えはそんなものだよ。何もふしぎなことはない。正義と法の網目をこぼれ落ちたら、誰しも一人ぼっちになる他《ほか》はない。お父様もよくそう言っておいでだった。そのお父様もまさか自分の娘がそれを味わうとは、想像もなさらなかったにちがいない。

ルネ　そのとき私はあの人との間の、人の力では絶ちようのない絆《きずな》を感じました。あの人に抱かれ、あの人に接吻《くちづけ》されているときよりもずっと強く。

モントルイユ　それじゃどうしても別れられないのは、愛情からだとでも言いたいのかい。そこが私にはどうしても腑《ふ》に落ちない。愛情と云ったところで、向う様のは至って怪しげな、こちらだけの一人よがりの幻に、すべてを賭《か》けようとお言いなのかい。考えてもごらん、ルネ、お前の良人は（皮肉に）、ここだけの話だが、人間じゃないのだよ。

ルネ　人間でなくても、私の良人ですわ。

モントルイユ　愛情に自信がなくなると、貞淑へ逃げ込むというわけね。

ルネ　でもその貞淑はお母様から教わったものですわ。

モントルイユ　ああ、お前が貞淑というと妙にみだらにきこえる。どうしてだろう。私は前からそんな気がしていた。この世で一等純白な言葉が、アルフォンスへ向けられていると思うと、真黒になる。支那《しな》人の細工の黒い漆のように。

ルネ　では、それなら私の愛情は……

モントルイユ　その言葉のほうは、又妙にみだらでなさすぎるのだよ。

（二人、沈黙）

ルネ　とにかく私は、あの人に追い縋《すが》れるだけ追い縋って行きます。もし強《し》いて別れさせようとなさるなら、あの人を牢へ閉じ込めておくのは、目算ちがいかもしれませんわ。私はしげしげと手紙を書き、あらゆる機会をとらえて会いにもまいりましょう。牢のなかのあの人にとって、世界中でたよりになるのは私一人しかないことは、お互いによくわかっております。

モントルイユ　目算ちがいだとお言いだが、ルネ、今私たちはしらずしらず、ちがう目当てを辿《たど》って同じ喜びを頒《わ》け合っているのかもしれない。お前の言うことをきいていると、ただ一つたしかなことがある。お前もアルフォンスを心の底では籠《かご》の鳥にしておきたいんだ。あそこへ入れておけば、安心だもの。一人ぼっちで、何をする自由もなく、お前一人をたよりにし、お前は嫉妬《しっと》を免《まぬ》かれる。嫉妬するのは今度は向う様で、いつぞやも妄想《もうそう》にかられた怖ろしい手紙をよこしたそうじゃないか。それをお前はたのしんで、北叟笑《ほくそえ》んで読むこともできる。……素直に言ってごらん。お前は口では反対しながら、心の底では私に感謝している。私もお前もあの男を、未来永劫《えいごう》閉じ込めておきたい点で、ひどく気が合っているんだ、と。

ルネ　いいえ、そんなことは決してありませんわ。

モントルイユ　出て来れば早速お前を不仕合せにするとわかっていても？

ルネ　どうしてもあの人を自由の身にしてあげたいんです。

モントルイユ　あの男にとっての自由とは鞭《むち》とボンボンのことだとわかっていても？

ルネ　それでもかまいません。おねがいだから、お母様、何度でもお裾に接吻しますわ。できるものならアルフォンスを自由にして！

モントルイユ　おかしいわね。自由にしろ。しかも別れるのはいやだ。それならみすみす自分が苦しむことがわかっているのに。そんなに苦しむことがお好きなのかい？

ルネ　今以上の苦しみはございませんわ。

モントルイユ　あれだけ永いこと苦労してきたお前の言うことだから、まちがいはあるまい。では、あれが自由になれば、喜びがあるというの？　お前の仕合せが？

ルネ　ええ、それこそ今私の夢みる一番の喜び、一番の仕合せですわ。

モントルイユ　（鋭く）どんな仕合せ？

ルネ　え？

モントルイユ　どんな性質《たち》の、どんな類《たぐ》いの仕合せ？

ルネ　仰言《おっしゃ》る意味がわからないわ。でもかりにも貞淑な妻なら、良人が自由の身になること以上の仕合せが……

モントルイユ　貞淑と言うのはおよし！　お前の口からその言葉が、出る度毎《たびごと》にますますけがらわしくなる。私はきいているんです。どんな仕合せ？

ルネ　それなら申しましょう。来る夜《よる》も来る夜《よる》も良人に家を明けられる仕合せ。冬のきびしいラ・コストの城内で、寝床にもぐってやっと寒さを凌《しの》ぎながら、今ごろどこかの温かい小部屋で、良人が縛った女の裸の背に燃えさかる薪《まき》を近づけているところを、ありありと目に思い浮べる仕合せ。次々と募る血の醜聞を、戴冠《たいかん》式の赤い裳裾《もすそ》のように世間いっぱいに拡げていただく仕合せ。領内の町をゆくにも目を伏せて、領主の妻が道の軒端《のきば》を辿って忍び歩くという仕合せ。貧しさの仕合せ。恥の仕合せ。……それがアルフォンスを自由にしていただく代りに、私の受ける報いの仕合せ。

モントルイユ　嘘《うそ》をお言い、嘘を。親の私を責めたりすかしたりする前に、忠実な娘の資格があるかどうか、考えてもごらん。まだ隠し立てをしている。私は知っていますよ。それを知ったからには、どうでも娘をあの男から引離さなくてはならないと、自分に固く誓ったことを。

ルネ　何をでございます。

モントルイユ　こればかりは恥かしくてアンヌにも言えない。お前の貞淑が、その二言目にはふりかざす貞淑が、実は腐って虫の喰《く》った病気の果物だというわけばかりはね。

ルネ　思わせぶりはおよしあそばせ。

モントルイユ　それなら言いましょう。私の放った忠実な密偵《みってい》が、四年前のクリスマスに、ラ・コストの城の窓から何を見たか？

ルネ　四年前のクリスマス……

モントルイユ　もちろんもうお忘れだろう。それがたった一度の特別な一夜なら、思い出も鮮やかだろうが、お前はきっとそんな夜を、どれがどの日と見分けのつかぬほど、くりかえしていたにちがいないから。

ルネ　四年前のノエル。それは私の手引で脱獄したアルフォンスが、諸所を転々として行方をくらましたのち、ラ・コストの城にこっそり戻って、私と共にすごした最後のノエルでございました。プロヴァンスの北風が吹き荒れる厳しい冬、私は家伝来の銀器を質《しち》に入れて、薪《たきぎ》に代えておりましたくらい。ノエルどころでは……

モントルイユ　全くノエルどころではなかった、お前たちのやったことは。薪《たきぎ》が不足で人間の体で煖《だん》をとっておいでてしたね。その貧しさと乏しさのなかから、女中にと云って十五六の若い娘ばかり五人まで、秘書にと云って男の子を一人、リヨンで雇い入れて連れて来た。……そら、ごらん。私はそれまでちゃんと知っていながら、莫迦《ばか》になって、お小遣を送ってあげたものだ。それはそうと、私の密偵は、北風の吹きすさぶ露台に身をひそめ、お前たちのふしぎなノエルを窺《うかが》っていた。なるほど銀器を抵当《かた》にしただけあって、煖炉の焰は窓の外の枯木の幹にまで赤く映えていた。

ルネ　お母様!

モントルイユ　おしまいまでおきき。アルフォンスは黒天鵞絨《ビロード》のマントを室内で羽織り、白い胸をはだけていた。その鞭の下で、丸裸の五人の娘と一人の男の子が、逃げまどっては許しを乞《こ》うていた。長い鞭が、城の古い軒端の燕《つばめ》のように、部屋のあちこちを飛び交わした。そしてお前は……

ルネ　ああ!（ト顔をおおう）

モントルイユ　天井《てんじょう》の枝付燭台に手を吊《つ》られていた、丸裸かで。痛みに半ば気を失ったお前の体の、雨の金雀児《えにしだ》の幹に流れる雨滴のような血の滴《しずく》が、煖炉の焰に映えてかがやいていた。侯爵《こうしゃく》は少年を鞭でおどかして、侯爵夫人の身を清めるようにいいつけた。少年はまだ背が低かったので、椅子《いす》を踏台にしてお前の吊られている体にとりつき、……どこもかしこも、（ト舌を出し）……舌で清めた。清めたのは血ばかりではない。……（間。）ルネ。（トルネに近づく。ルネしりぞく）……ルネ。（ト更に近づく。ルネ更にしりぞく。モントルイユ、その衿元《えりもと》をつかむ。ルネこれを両手で禦《ふせ》ぐ。モントルイユ、俄《にわ》かに手を離す）……よしましょう。そのしるしを見せてもらっても仕方がない。お前のその血の気を失った顔が、それほど如実にそれが本当だと、語っているのを無下《むげ》にもできまいから。

ルネ　でも、お母様。

モントルイユ　でも、何とお言いだい。

ルネ　それはたった一度、強《し》いられてしたことでございます。誓って申しますが、私の貞淑が、そうせよと命じたままにしたことですわ。あなたにおわかりになる世界の出来事ではありません。

モントルイユ　また貞淑！　良人が犬になれと云えば犬におなりかい？　蛆虫《うじむし》になれと云えば蛆虫におなりかい？　お前は女の矜《ほこ》りをどこにお持ちだい？（激して泣く）私はこんな風に娘を育てたつもりはなかった。外道《げどう》の良人に毒されてしまったんだ。

ルネ　恥かしさの底にいるときには、同情のやさしい心持も残ってはおりません。同情は上澄みで、心が乱れれば、底の澱《おり》が湧《わ》き昇って上澄みを消してしまう。……お母様、よく仰言いました。今仰言ったことはみんな本当です。でもあなたは可哀そうな母親ではありません。何も御存知ないのですから、御存知ないことがあなたを傷つけるわけもございません。

モントルイユ　御存知ないって？　こんなに何もかも知っている私が。

ルネ　御存知ないのよ。貞淑であろうと心に決めた一人の女が、この世の掟《おきて》も体面ものこらず踏みにじってゆくその道行が。

モントルイユ　ならずものに打込んだ女はみんなそう言うのね。

ルネ　アルフォンスはならずものではございません。あの人は私と不可能との間の閾《しきい》のようなもの、ともすれば私と神との間の閾なのですわ。泥足《どろあし》と棘《いばら》で血みどろの足の裏に汚れた閾。

モントルイユ　又お前の迂遠《うえん》な譬《たと》え話がはじまった。アンヌでさえそれをからかっておいでだった。

ルネ　だってアルフォンスは譬えでしか語れない人なのですもの。あの人は鳩《はと》です。獅子ではありません。あの人は金髪の白い小さな花です。毒草ではありません。鳩や花が鞭を揮《ふる》うのを見るときに、獣と感じるのはこちらのほうです。……四年前のノエル、あのときに私は一つの決心を致しました。自分があの人の理解者で、護《まも》り手で、杖《つえ》であるだけでは足りないということ。良人の脱獄の手引さえした貞淑な妻という幻の、その傲慢《ごうまん》さを癒《い》やすには、それだけでは足りないということ。……お母様、私が貞淑貞淑と口にするのは、もうそれが世のつねの貞淑の軛《くびき》を免かれているからですわ。貞淑につきものの傲《おご》り高ぶりが、あの怖ろしい一夜から、きれいに吹き払われてしまいましたの。

モントルイユ　お前は共犯になったのだね。

ルネ　ええ、鳩の共犯、金髪の小さな白い花の共犯になったのですわ。女というこの手に負えない獣《けだもの》が、自分が今まで貞淑という名の獣にすぎなかったことを知ったのですわ。……お母様、あなたはまだ、ただの獣です。

モントルイユ　私はこの一生にまだ誰《だれ》からもそんなことを言われたことはない。

ルネ　これからは私が何度でも申しましょう。あなたはその歯と牙《きば》で、アルフォンスを引裂いておしまいになった。

モントルイユ　冗談をお言いでない。引裂かれたのはこっちだわ。あの人でなしの白く光る歯と牙で。

ルネ　あの人には牙なんぞありません。あるのは鞭《むち》とナイフと縄《なわ》と、古めかしい拷問《ごうもん》道具と、いわば人間の発明品ばかり。それは私ども女の化粧道具、鏡と白粉《おしろい》入れと口紅と香水瓶《びん》などと、さして変りはいたしません。それに比べてあなたには生得の牙が備わっておいでになる。その丸い乳房、それが牙なのです。お年にしては衰えをみせないつややかな腿《もも》、それが牙なのです。それというのも、あなたのお体は、頭の先から爪先《つまさき》まで、偽善の棘《とげ》できらきらと鎧《よろ》われて、近づくものを刺し貫ぬきもすれば、窒息させてしまうこともおできになるのですもの。

モントルイユ　お忘れでないよ、この乳房から乳を呑んで育ったお前だということを。

ルネ　そうでございましょうとも。あなたと私とには同じ血が流れ、同じ女の体をしていますわ。でも私の乳房はあなたのように、約束事や世間の望むがままの材料で出来上った、偽善の形の乳房ではございません。お父さまはあなたのその乳房をお喜びになった。愛よりも約束事のお好きな御夫婦でしたから。

モントルイユ　お父様の悪口を言うのはおよし！

ルネ　お床《とこ》の中でまで世間に調子を合わせていらした愉《たの》しい思い出をお忘れになりたくないのね。睦事《むつごと》にも御自分たちの正しさを語り合ったその満足を大事になさりたいのね。あなた方は出来合いの鍵《かぎ》と鍵穴で、合せればいつでも喜びの扉がひらくのでした。

モントルイユ　なんという下卑たことを！

ルネ　そして二人でいつも合わない鍵と鍵穴のことを、噂《うわさ》にしては笑っておいでになった。『本当にそんな鍵にはなりたくないもんだ。錆《さ》びて曲った鍵や、鍵をさすたびに苦しみの叫びをあげる鍵穴にはなりたくないもんだ。』あなたの胸もお腹《なか》も腿も、蛸《たこ》のようにこの世のしきたりにぴったり貼《は》りついておいでになった。あなた方は、何のことはない、しきたりや道徳や正常さと一緒に寝て、喜びの呻《うめ》きを立てていらした。それこそは怪物の生活ですわ。そして一寸《ちょっと》でも則《のり》に外れたものへの憎しみや蔑《さげす》みを、三度三度の滋養のいい食事のように、お腹一杯に召上って生きていらした。鍵をひらけば、あちらには寝室、こちらには居間、あちらには湯殿、こちらには厨《くりや》、……それらの部屋を自由にゆききして、名誉だの人格だの体面だのの話をしていらした。あなた方は夢にも、鍵をあければ一面の星空がひろがるふしぎな扉のことなどを、考えてもごらんにはならなかった。

モントルイユ　そうですよ、地獄の扉のことなどを考えてみたこともありませんでした。

ルネ　想像できないものを蔑む力は、世間一般にはびこって、その吊床《つりどこ》の上で人々はお昼寝をたのしみます。そしていつしか真鍮の胸、真鍮のお乳房《ちち》、真鍮のお腹を持つようになるのです、磨《みが》き立ててぴかぴか光った。あなた方は薔薇《ばら》を見れば美しいと仰言り、蛇《へび》を見れば気味がわるいと仰言る。あなた方は御存知ないんです、薔薇と蛇が親しい友達で、夜になればお互いに姿を変え、蛇が頰《ほお》を赤らめ、薔薇が鱗《うろこ》を光らす世界を。兎《うさぎ》を見れば愛らしいと仰言り、獅子を見れば怖ろしいと仰言る。御存知ないんです、嵐《あらし》の夜には、かれらがどんなに血を流して愛し合うかを。神聖も汚辱もやすやすとお互いに姿を変えるそのような夜を御存知ないからには、あなた方は真鍮の脳髄で蔑んだ末に、そういう夜を根絶やしにしようとお許りになる。でも夜がなくなったら、あなた方さえ、安らかな眠りを二度と味わうことはおできになりません。

モントルイユ　母親に向って「あなた方」とは何事だい。かけがえのない母親に向って。

ルネ　かけがえのない？　あなたこそ、かけがえのきくことを、何よりの矜りになさっている方の筈《はず》ですのに。現に私にも、かけがえのきく女になれと、おすすめになっているあなたですのに。あなたは「あなた方」の一人にすぎませんわ。

モントルイユ　兎の愛らしさ、蛙《かえる》のいやらしさ、獅子の怖ろしさ、狐《きつね》の賢さ、それらがみんな同じもので、稲妻の夜には一緒になる。そうとも、そんな考えは、何もお前の発明ではない。むかしはそんな考えで火焙《ひあぶ》りになった女がいっぱいいた。お前はそのいちめんの星空だけに通じているとやらいう扉をあけて、足を踏み外してしまったにすぎないんだ。

ルネ　いいえ、あなた方はそれぞれの抽斗《ひきだし》に、ハンカチや手袋を区分けしてお入れになるように、兎には愛らしさを、蛙にはいやらしさをという風に、人間を区分けしてお入れになる。モントルイユ夫人には正しさを、アルフォンスにはぞっとする悪徳を。

ルネ　でも地震で抽斗が引っくりかえり、あなたは悪徳の抽斗に、アルフォンスは正しさの抽斗に入れかわるかもしれませんわ。

モントルイユ　それぞれの抽斗に入れられるのも、それぞれの心柄で仕方がない。せいぜい地震には気をつけて、抽斗には鍵をかけておくことだね。

ルネ　御自分のいやらしさを鏡にかけて御覧になれたら、どこの抽斗に入れたらいいかお迷いになることでしょうね。サド侯爵家の家名に目がくらんで、娘をアルフォンスの嫁にやり、さあ今度は母屋《おもや》に火がつきそうになると、あわてて買い戻《もど》そうと躍起におなりになる。

モントルイユ　もう買い戻せるだけのお金は、十分に費いましたよ。

ルネ　人に笑われ蔑まれるためのお金は、鐚《びた》一文もお費いにならなかった。

モントルイユ　そんな愚かなお金の費い方をする人はありません。

ルネ　あなたは売春婦が質《しち》に流した衣裳簞笥《いしょうだんす》を買い戻すように、私を買い戻して満足なさる。自堕落なたのしい生活の夢！　この世界の果て、世界の外れに、何があるか見ようともなさらず、鴇《とき》いろのカーテンで窓をおふさぎになる。そしてあなたは死ぬのです、自分が蔑んだものにとうとう傷つけられなかったことを、唯《ただ》一つの矜りになさって。人間の持つことのできる矜りのうちで、これ以上小さな矜り、これ以上賤《いや》しい矜りがあるでしょうか。

モントルイユ　そしてお前もいつかは死ぬ。

ルネ　でもお母様のようにではないわ。

モントルイユ　そうだろうとも、私は火焙りにされて死ぬつもりはない。

ルネ　私も老いさらばえて小金を貯め込んだ、身持のいい売春婦のように死にはしません。

モントルイユ　ルネ！　打ちますよ！

ルネ　さあ、どうぞ。もしお打ちになって、私が身をくねらして喜びでもしたらどうなさる？

モントルイユ　ああ、そう言うお前の顔が……

ルネ　(一歩進んで)何だと仰言るの。

モントルイユ　(声も上ずって)アルフォンスに似てしまった、怖ろしいほど。

ルネ　(微笑する)さっきサン・フォンの奥様がいいことを仰言いました。アルフォンスは、私だったのです。

――幕――

第三幕

モントルイユ（一七九〇年四月。すなわち第二幕の十二年後にして、フランス革命勃発《ぼっぱつ》後九ヶ月）（老いている）ルネ？

ルネ（白髪まじり、刺繍《ししゅう》をしている）はい？

モントルイユ　退屈おしではないか。

ルネ　いいえ……

モントルイユ　十二年のあいだあんなにしげしげと、ジャムやいろんな食べ物の籠《かご》を提げて、牢屋《ろうや》の中のアルフォンスに会いに行っていたお前、よくも倦《あ》きずに会いに通い、ついには私も根負けがして、何を措《お》いてもお前のまごころだけは、認めるようになったものだが、ふしぎなことには、この十二年間、ついぞお前は退屈そうに見えたためしがなかった。一つの面会からかえると、次の面会をたのしみにし、この次は何を持って行こうかと、遊山《ゆさん》の支度のようにそわそわしていた。

ルネ　そうでしたわね。ひとつには良人から、年をとったと思われるのがいやでしたから。月に二三べんも顔を出していれば、年をとったことに気づかれはいたしません。
モントルイユ　でも、今では何もかもおわった。先月憲法制定議会が、勅命逮捕状を無効にして以来、私が永年信じてきた法と正義は死んでしまった。罪人という罪人、狂人という狂人が、日の目を見るのも今日明日《きょうあす》のうち。……お前はそれ以来、ふっつりアルフォンスのところへ行かなくなったね。
ルネ　もう行くには及びません。待っていれば、いずれ帰ってくるのですもの。
モントルイユ　理窟《りくつ》はそうだが……。たしかにこのところお前は変った。
ルネ　いよいよ疲れて、年をとったのでございましょう。それに世間がこんなに変れば、人も変らずにはいられますまい。
モントルイユ　いいえ、お前がジャムや食べ物の籠つくりをやめて、その刺繍をはじめてから、何だか退屈しておいでのように見えて仕方がない。
ルネ　春のせいでございますわ、お母様。むかしはあんなに待ちこがれたパリの春、来るとなると一夜で洪水《こうずい》のように押し寄せる春が、もうすっかり人のもののように思われるからですわ。世間のさわぎはさわぎとして、年のせいでこの春が、居心地わるく思われるなら、こうして家にいて刺繡の中へ、春を縫い込めているほうがましかもしれません。

（アンヌ登場）

アンヌ　おや、シャルロットが迎えにも出ない。あれも民衆気取でヴェルサイユへ、パンをよこせと行進してゆく仲間にでも入ったのかしら。

モントルイユ　おや、アンヌ、何だい、あたふたと。

アンヌ　お別れにまいりましたの。いいえ、それより何とかお母様も、一緒に来てくださるようにお願いに。

モントルイユ　何をお言いだい、藪《やぶ》から棒に。お別れって、どこへ行こうというの。

アンヌ　主人と一緒に、ヴェニスへ。

ルネ　（はじめて目をあげて呟《つぶや》く）……ヴェニス。

アンヌ　いいえ、お姉様。むかしのヴェニスとは何のゆかりもないのよ。主人がヴェニスに御殿を買って、そちらへ急に引き移ることになりましたの。

モントルイユ　あの結構なお住居も捨て、宮中のお役目も放り出して、何だって又外国なんかへ。

アンヌ　愚図々々していたらどんなことになるかしれません。主人は先の見える人ですし、宮中の人たちの、一寸《いっすん》つなぎの愚かな夢には、もう危なくて附合えないと申しております。お母様だって御存知でしょう。ミラボオ伯爵が王様の亡命をまじめに考え、プロヴァンス伯爵の反対でだめになりましたが、主人も今この時期に、陛下は亡命なさるべきだという考えですの。

モントルイユ でも王はまだいらっしゃる。

アンヌ 愚図なことにかけては、フランスはじまって以来、第一の王様ですものね。

モントルイユ まあ、しかし王様がおいでのあいだはパリにいましょう。

アンヌ 大へんな王党派でいらっしゃるのね。お母様、冗談じゃございませんわ。世間は今のところ見かけだけ治まっているようですけれど、これから先は本当にどんなことになるか見当もつきません。主人は或る晩怖《おそ》ろしい夢を見て、それで亡命の決心をしたのですが、主人の見た夢ではコンコルドの広場が血の湖になったそうです。

モントルイユ こういう世の中は気を落ちつけて、右左をよく見て渡ればいいのだよ。私はむしろこれからは、安穏な老後が送れるような気がしている。これでお父様が御存命だったら、何かと気苦労もあったろうが、いくら見堺《みさかい》のない民衆でも、こんな古後家《ふるごけ》を狙《ねら》いはすまいし、第一世の中がひっくり返ったおかげで、永いあいだアルフォンスのことで気を遣った世間態《てい》というものもなくなってしまった。こうなったからには右せず左せず、どちらの肩も持たないで、釣合《つりあい》をとって生きるのが勝だ。
アンヌ　そんなことを言っていらっしゃると、サン・フォンの小母様のようにおなりになっても知りませんよ。
モントルイユ　(笑う) 喩《たと》えにも事欠いて、サン・フォンとは！　私がどうしてあんな名誉な死に方ができるものかね。
アンヌ　丁度今日あたりが一周忌になりますわね。去年の春のマルセイユで、最初の暴動が起ったとき……
モントルイユ　あの噂はみんな本当かい？
アンヌ　あの方の噂だったら、どんな信じられない噂でも本当ですわ。丁度そのときサン・フォンの小母様は、パリにあきあきしてマルセイユへいらっしゃり、夜な夜きな娼婦《しょうふ》に身をやつして、船乗りの袖《そで》を引いて身をお売りになった。昼は贅沢《ぜいたく》な別荘へお帰りになると、ゆうべ稼《かせ》いだお金に頬《ほお》ずりして、錺屋《かざりや》を呼んで、そのお金に宝石を鏤《ちりば》めさせ、宝石入りの貨幣をつないで一枚の着物ができるほどになったら、それを召してパリへお帰りになるおつもりだった。
モントルイユ　あの人ももういいお年で、肌《はだ》もあらわな着物は御無理。さて、肌の隠れるほどの着物を織るには、まだまだ稼がねばならなかったろう。

アンヌ　ところが或る晩ふいに暴動が起って、あの方は暗い町角で、娼婦の身なりのまま暴動に巻き込まれ、民衆と一緒にあの歌を……

（このとき喪服のシャルロット、下手にあらわれて立ち聴く）

モントルイユ　知っていますよ、「貴族は街燈に吊《つ》るせ！」という歌でしょう。

アンヌ　「貴族は街燈に吊るせ！」というあの歌を、大声で歌って進んでいらした。警官隊におそわれて暴徒は将棋だおしになり、あの方は踏みつぶされてお亡《な》くなりになった。朝が来ました。暴徒はその亡骸《なきがら》を取り返し、戸板に載せて、民衆の女神として、崇高な犠牲者として、泣きながら運んでまわりました。どの町にもいる即興詩人が、「輝やける娼婦」という歌を作って、みんなで歌う。誰《だれ》一人その身許《みもと》を知る者はありませんでした。朝の光りの中で、サン・フォン伯爵夫人の亡骸は、殺された鶏《にわとり》のように、血と白い肉と青い打身の、三色旗の色になりました。そして朝陽《あさひ》は濃い白粉《おしろい》をもむざんに射抜いて、あの方の老い衰えた肌をさらけ出し、人々は担いでいた娘の亡骸が、老婆《ろうば》の亡骸に変ったのにおどろきました。それでもあの方が輝やいていることには変りがありませんでした。羽根毛をむしられ、皺《しわ》だらけの腿《もも》もあらわに、あの方の屍《しかばね》は町なかを、海のほうへ進んでゆきました。老いがその青さを深め、滅亡がその波を若々しくする地中海のほうへ。……御存知のとおり、それが革命の発端でした。

（――間。シャルロット退場）

ルネ　そしてあなたはヴェニスへ、あの死んだ海へ行くのね。

アンヌ　（ぞっとして）いやなことを仰言るのね。私たちは生きるために行くのです。

ルネ　あなたは生きるためにいつも忙しくしている。ずっと以前からそうだった。アンヌ、でもあなたは、いつでも人に生かしてもらっているだけなのよ。あなたが今ゆくヴェニスは、なるほど昔のヴェニスとは何のゆかりもないでしょう。何故《なぜ》ならあなたには思い出もなければ、生きてきたことの片端《かたはし》と片端をつなぐ一本の張りつめた糸もないからだわ。

アンヌ　お姉様は私に思い出を持てと仰言るの？　思い出が必要なときには、いつでも取出してお目にかけますわ。ただ私にはそれが邪魔ではないだけですの。思い出のないのは、むしろ、お姉様、あなたではなくて。朝から晩まで、生れてから死ぬまで、あなたが面《めん》と向っておいでなのは、動かない一枚の白い塀《へい》。よく見れば血しぶきの黒く凝《こご》った跡もある、涙のような雨水の跡もある、動かない塀があるばかり。

ルネ　私が人間の底の底、深みの深み、いちばん動かない澱《よど》みへだけ、顔を向けてきたのは本当だわ。それが私の運命でした。

アンヌ　だからそれには思い出はないわ。あるのは繰り返し、それだけですわ。

ルネ　私の思い出は虫入りの琥珀《こはく》の虫。あなたのように、折にふれては水に映る影ではないわ。そう、あなたはうまいことを言った。私の思い出は、いつも必ず私の邪魔をするの。

アンヌ　邪魔をする。そして嫉妬《しっと》の種子《たね》になる。あなたは私の顔に二つのものを、二つの思い出をみつけて憎んでいらっしゃる。とうとうあなたがお持ちにならなかった二つのもの、ヴェニスと、それから仕合せと。

ルネ　……ヴェニスと、仕合せと。……そうね、そのどちらも決して琥珀の中へ閉じこめてしまえる虫ではない。そんなものを私が望まなかったのもたしかなこと。

アンヌ　負け惜しみをなさるのね。

ルネ　いいえ、私が自分で望んでいたものが、この年になってだんだんわかってきました。ずっと若いころには、私もあなたと同じように、そんな二種類の思い出を望んでいるような気がしていました。……ヴェニスと、仕合せと。……でも私の思い出に残ったものは、私の琥珀の中に残った虫は、ヴェニスでもなければ仕合せでもない、ずっと怖ろしいもの、言うに言われないものでした。若い私が望むどころか、夢にさえ見なかったもの。でも、今では少しずつわかってきました。この世で一番自分の望まなかったものにぶつかるとき、それこそ実は自分がわれしらず一番望んでいたものなのです。それだけが思い出になる資格があり、それだけが琥珀の中へ閉じ込めることができるのよ。それだけが何千回繰り返しても飽きることのない、思い出の果物の核《さね》なのだわ。

モントルイユ　まあまあルネ、そう決め込んでしまわぬものだ。年をとってから静かな仕合せの来ることもある。現《げん》につい五六日前、アルフォンスから来たあの手紙には、私も本当に心を搏《う》たれた。いよいよ目前に近づいた自由のなかで、あれはすべてを恕《ゆる》している。この私をさえ恕している。革命党の連中のなかにも獄中の知合がいろいろとおり、私が何か困った事態にぶつかったときには、そういう人たちに口を利《き》いて、便宜を計ってやろうとまで言っている。主客顚倒《てんとう》とはこのことだが、もともとあれの心の底に、ふだんは人目に触れない地下水のようなやさしさがあることは、私も夙《と》うから見抜いていました。

アンヌ　お母様もむかしはやさしいお言葉で、アルフォンスを罠《わな》におかけになったわ。

モントルイユ　私は自分のやさしさは信じないが、人のやさしさは信じることにしている。それが結局身のためだからね。

アンヌ　それなら私のやさしさも信じて下さいましな。今日すぐにとは申しませんが、あさっての出発までにはどうか御決心を。それで御決心のつかない場合も、あとからぜひヴェニスへいらしていただけばいいのですから。

モントルイユ　ありがとう。お前の親切は忘れませんよ。とにかく年寄の思案はのろいものだから、もうしばらく考えさせてもらわなくては。

アンヌ　時期をお外しになってはいけませんわ。

モントルイユ　剣呑《けんのん》なことにならないうちに決心しましょう。では、一先《ひとま》ず、さようなら。

アンヌ　さようなら、お母様、お姉様。

ルネ　さようなら、アンヌ。

モントルイユ　旅の御無事を祈りますよ。それから伯爵《はくしゃく》にくれぐれもよろしく。

アンヌ　はい、申し伝えます。

モントルイユ　シャルロット、シャルロット！

（シャルロット登場。アンヌを伴って去る。——間。）

シャルロット！

（シャルロット再び登場）

シャルロット　はい、奥様。

モントルイユ　私の家では何の不幸もない。何だって喪服を着けておいでだ。

シャルロット　はい……。

モントルイユ　わかっているよ、旧主人に操を立てて、サン・フォン伯爵夫人の命日を弔《とむ》らおうというわけなのだね。その志は感心だが、むかし嫌《きら》って出てきたお宅の主人に、どうしてそこまで操を立てる気になったのだい。

シャルロット　はい……。

モントルイユ　「はい」ではわからない。お前のような年寄が、山出しの娘のような返事をおしでない。バスティユの牢《ろう》破りからもう九ヶ月、世間がさわがしくなるにつれて、お前も心なしか横着になった。サン・タントワーヌの貧乏人が、口々にパンをよこせと叫んで、ヴェルサイユめざして進んだころから、どうやらお前も気儘《きまま》になった。二十年あまりもこの家《や》にいて、見よう見まねで贅沢《ぜいたく》もおぼえ、小金も貯めたお前だもの、今さらああして横柄《おうへい》に町を練り歩く貧乏人の仲間入りもできはすまい。できたところで、サン・フォンがいいお手本だが、お前も贋《にせ》ものの、まがいものの民衆になって死ぬのがおち。……つまりお前はわが身によそえて、あのきらびやかな贋ものの死を、悼《いた》んでいるというわけなのだね。

シャルロット　（確信を以《もっ》て）はい。

モントルイユ　（笑う）それならいい。それなら勝手に、喪服だろうが何だろうが着るがいい。その喪服も哀悼も贋ものなら、別に縁起のわるいことはないのだから。

シャルロット　はい。そうさせていただきます。

モントルイユ　それでお前は、死んだサン・フォンが好きだったのかい？

シャルロット　はい。

モントルイユ　現在の主人の私よりも？

シャルロット　はい。

モントルイユ　おやおや、革命前にはこんな返事は、ついぞ聞かれなかったものだけれど。人間がみんな正直になりすぎた。……あ、どなたか見えたようだよ。

（シャルロット退場。ルネ立上る。やがてシャルロットに伴われて、シミアーヌ男爵夫人登場。尼《あま》の姿である）

シミアーヌ　（老いている）お久しゅうございます。奥様、ルネ様。

まあ、シミアーヌ男爵の奥様じゃいらっしゃいませんか、おめずらしい。

モントルイユ　今日は何か……

シミアーヌ　きょうはルネ様のお招きをうけて伺いました。
モントルイユ　ああ、ルネが……
ルネ　わざわざお越しいただいてありがとう存じます。
シミアーヌ　今、お玄関先でお妹御様とお目にかかりました。何でもイタリーへお出かけだそうで……
モントルイユ　そんな風に申しておりました。
シミアーヌ　ルネ様、よく御決心なさいました。いつかはその御決心をなさるものと、実は心待ちにしておりました。
モントルイユ　まあ一体何の決心を。
ルネ　お母様、御相談もせずに私の一存で、シミアーヌの小母様におねがいいたしました。小母様のいらっしゃる修道院へ、入れていただくことになりましたの。
モントルイユ　(愕《おどろ》く)え？　世を捨てる、とお言いなのかい。
ルネ　はい。
モントルイユ　何ということを。……シミアーヌ様、御免あそばせ。御厚意は重々ありがとう存じますが、大事な娘のこととなりますと、あれこれと考えなくてはなりません。今初耳の話でございますし、婿《むこ》も近々帰って来ることになっておりますし……

シミアーヌ　左様でございましょうとも。お二方のお話のあいだ、それでは私は別室ででも待たせていただきましょう。（ト上手へ行きかかる）

ルネ　お待ちになって！

モントルイユ　ルネ……。

ルネ　ここに小母様もいていただいて、どんなことであろうと小母様のお耳に入れ、その上でお話を決めたほうがよいと存じますわ。アルフォンスのことではかれこれ二十年このかた、相談に乗っていただいているのですもの、今さらお隠し立てすることは何もない筈《はず》。

モントルイユ　それはそうだが……

ルネ　ねえ、小母様、ここにいて下さいますね。

シミアーヌ　あなたが強《た》ってと仰言《おっしゃ》るなら、そういたしましょう。

モントルイユ　あなた方がそうして組んでおいでなら、私も憚《はばか》らず私の考えを申しましょう。それにはまずシミアーヌ様、ルネはどんなお願いを申上げたのでございます。

シミアーヌ　詳しいことは存じませんが、ここ一ト月ほど何度かお訪ね下さって、私もいろいろお話を申上げ、世を捨てる決心をお固めになったときは、私共でお世話を申上げようと、お約束をしたわけでございます。

モントルイユ　ではアルフォンスに会いに行かなくなり、そんな刺繍《ししゅう》に精を出しはじめてからの短い間に、急に心を固めたのだね、ルネ。

ルネ　いいえ、永い永い思案がここへ来て、急に形を整えたのだと申しましょう。

モントルイユ　いよいよアルフォンスが出てくるという今日《きょう》になって？

ルネ　それが桶《おけ》のなかの葡萄《ぶどう》を踏む杜氏《とうじ》の、最後の利《き》き目のある一ト踏みになったのですわ。それまでは世を捨てる心が募るのと一緒に、あの人に会いたい心も募り、会えば又、この次に会うのを最後に、世を捨てようという心を固め、次にはまたその心も崩れて、……でも川の枝川《えだがわ》の川床は、そちらへ溢《あふ》れて水が流れるたびに、しらずしらず固められていたのでございます。

シミアーヌ　神がじっとあなたを見守っておいでになって、誘いの糸を垂れておられた。あなたは神の釣人《つりびと》の糸にかかった魚です。何度か鉤《はり》をかけられて遁《のが》れながら、あなたは実のところ、いずれは釣り上げられることを御存知だった。浮世の水にかがやく鱗《うろこ》を、神の御目《おんめ》のきびしい夕日のうちに、身もだえして閃《ひら》めかせながら、釣り上げられるのを望んでおいでだった。

神の千の御眼《おんまなこ》は千の密偵《みってい》をこの世に放ち、王家のきびしい警察も、足もとにも寄れぬほど、人の魂の裏表を隈《くま》なく調べ上げ、はかりしれない忍耐で、自然に網にかかるまで待ちつづけ、さてみごとその手に捕えた魂を、あの光りの牢屋、歓びの人屋《ひとや》へと、連れ去ってゆくのでございます。お恥かしながらこの私も、ようやく神の思召《おぼしめ》しが、片端《かたはし》なりとわかってまいりましたのは、年老いたこの数年のことでございます。むかしは信心者を装ってはおりましたけれど、美徳がみんな具《そな》わっているという己惚《うぬぼ》れが、心をせまくしておりました。

ああ、あのときのことを思えば、顔も赤くなる。(指折り数えつつ)そうですわ、十八年前の秋のある日のこと、所も同じこのお邸《やしき》ここのサロンで、サン・フォン様からサド侯爵のお話を伺ったことがございました。あれからもう十八年、……十八年たったのでございますね。モントルイユの奥様は、御心の悩みに却《かえ》って艶《つや》やかさを増して、ここの客間へ足早に入っておいでになった。そしてルネ様、あなたは旅のお召物で、美しく清らかに、悲しみに透きとおったようにおなりになって、お母様のところへお着きになった。……みんな昨日《きのう》のことのような気がいたします。つかのまに私たちを染め変える「時」というものが、裳裾《もすそ》を引いてこの客間を通りぬけて行っただけではございませんか。そして私たちの耳はその裳裾の衣摺《きぬず》れをさえ、しかと聴き分けなかったではございませんか。

それはそうと、モントルイユの奥様、まことにはしたないことながら、あのときあなたがこの部屋へお出ましになる前に、サン・フォンの奥様は、乗馬の鞭《むち》を揮《ふる》いながら、サド侯爵のマルセイユの出来事を物語っておいででした。（あの方の魂に安息がありますように！）私はその怖《おそ》ろしい物語の放つ五彩の光り、悪魔のみの持つ妖《あや》しい惑わしに心を奪われながらも、一心に十字を切っておりました。正直に申しますと、私は心底《しんそこ》からその物語に聴き惚《ほ》れていたのでございます。

今こうして他人事《ひとごと》のように懺悔《ざんげ》ができますのも、今の私は多少はそのころの私よりも、神に近づいているからでございましょう。自分が清くて正しいという傲慢《ごうまん》が、あのとき感じた惑わしの原因《もと》であったこと、科《とが》はサド侯爵やサン・フォン様にはなくて、私の心の中にあったことが、今はありありとわかります。その傲《おご》りを捨てれば、おのれの清さと正しさも河原の石くれと等しくなり、ほかの石くれがたまたま夕日を受けてかがやくのを見ても、心を惑わされることがなくなります。推し量ればルネ様も、私と同じようにしてその惑わしから、身を解き放つようにおなりあそばした。尤《もっと》もルネ様のお受けになった試練は、私の百層倍も烈《はげ》しくて、ここまで来られたお苦しみも、比べものにはなりますまいが。

モントルイユ　あなた様のお考えはお考えとして、私のような俗界の人間の考えも、一人の母親の言葉として、ルネの耳に入れておきたいと存じますの。私にとっては、ルネが世を捨てる前に、何やかと浮世の勤めも済ませてほしいところですし、何も事を急がずとも、この世を去るときに終油の秘蹟《ひせき》を授かればすむことですし、（シミアーヌが口をさしはさもうとするのを制して）まあ、私の考えも言わせて下さいまし。アルフォンスはあんな男だけれど、もうこうなって牢を出てくれば、お前が添い遂げるのに不足はあるまい？

ルネ　でも、お母様……

モントルイユ　まあ、おきき。今まで十八年のあいだ、私は別れろと言いつづけ、お前は別れないと言い張りつづけた。今になって、それが逆になったのはどうしたわけ？　今ならば私はあながち反対もしない。添い遂げたければそれに異論もない。それなのに、世を捨てようとはどうしたわけ？

アルフォンスのおかげで王家と縁つづきになったのも、このごろの世の中では荷厄《やっ》介《かい》なばかりか、万一剣呑なことにもなりかねない。それを承知でアルフォンスを婿にしておこうというのは、私にもそれなりの心づもりがあるからだよ。

ごらん、アルフォンスの立場にしてみれば、わが世の春になったも同然、今まであれほどアルフォンスに尽してやったお返しを、今度は先方《せんぽう》からいただく番だ。

ルネ　お母様はずいぶん尽しておやりになりましたもの、お返しもたんとございましょう。

モントルイユ　そうだとも。あれも根《ね》は悪い男じゃない。私の策略もみんなあれの身を守るためだったと、わかってくれる日も遠くあるまい。

ルネ　いいえ、御自分の身を守るためでしたわ。

モントルイユ　いつ私の身を守りました。みんなサド侯爵家の家名、あれの名誉、ひいてはお前の名誉を守るためだった。それがこんな逆様の世の中になっては、家名も大切ではない、体面ももう要らない。守るべきものがなくなれば、アルフォンスが自由になって何の不都合もない。あれは今度こそ仕たい放題に、鞭を揮うもよし、ボンボンを振舞うもよし、世間全部が勝手なことをしてよいとなれば、誰がアルフォンスの勝手を咎《とが》めましょう。

いいかい、ルネ、私は正直なところ、今でもあれのことを、手に負えぬならずものだと思っている。でも今は狂人と囚人と貧乏人の世の中になった。あれはその三つとも兼ねている。ひょっとすると、そのおかげで、あれはわが家《や》の宝になるかもしれない。

ルネ　お母様はあの人を利用するつもりにおなりになった。

モントルイユ　そうだとも、だからお前も私をそれなりに助けてくれなくては。あれだって心はやさしい男だ。

シミアーヌ　アルフォンスはやさしい子でした。金髪につぶらな目をして、悪戯《いたずら》もするがそのあとでは、親切を尽す子でした。今でも私の瞼《まぶた》の裏には、幼な馴染《なじみ》のアルフォンスの、春の野辺を走る緑いろの小さな蜥蜴《とかげ》のような、よく動く瞳《ひとみ》が浮んでまいります。

モントルイユ　シミアーヌ様もおきき下さいまし。こんな革命さわぎの渦《うず》の中では、ひょっとしたらアルフォンスの、あの恥しらずの所業が喝采《かっさい》の種子《たね》になり、ただ風変りだというだけで尊敬を受け、これまで世の顰蹙《ひんしゅく》を買ったということが潔白の証拠になり、王家の牢につながれた経歴が、何ものにもまさる勲章になるかもしれません。世の中の変り目というものは、そういうものなのでございます。金《きん》がいけないとなれば、銀ばかりか、銅や鉛まで大きな顔をする。なるほど銀と鉛や銅も、「金でない」という点では同じですから。……あれは今巧みに身を処しさえすれば、街燈に吊《つ》られない唯《ただ》一人の貴族になるかもしれません。アルフォンスの悪徳が、本人ばかりか私共一族の免罪符になるかもしれません。私のように人にうしろ指一つさされない一生を送った者は、こんなときに一等損を見るのでございます。こう申したからとてアルフォンスが、屑《くず》に等しい人間であることに変りはいたしません。ただ世の中が変ったときに、どうとでも言訳のつく人間は、自分の欲望のままに放埒《ほうらつ》に動いてきた人間だけだということは、たしかなことに思われますの。今ではあんなに私が心を痛めたアルフォンスの悪徳が、とるに足らない些細《ささい》なことに思われるのは、ふしぎなほどでございます。賤《いや》しい職業の女を五人や六人、鞭で叩《たた》いたとてそれが何でしょう。わずかな血を流させたとてそれが何でしょう。毒にもならないボンボンを、むりに喰べさせたとてそれが何でしょう。（笑う）よしんば娘の一人や二人、まちがって殺害《あや》めたところで何でしょう。二十年もの間精魂を尽して、私が戦ってきた相手は、こんな子供の悪戯のようなことだったのでございますね。

シミアーヌ　そう仰言《おつしや》いますな、モントルイユの奥様。あなたの戦い方がどうあったにせよ、お戦いになったそのことは御立派でした。アルフォンスその人をでなく、アルフォンスの悪を相手に、お戦いになったことは御立派でした。御自分でもそのことをお認めにならなければ、ついにはアルフォンス同様に、神をさえお認めにならないようになりますわ。世の中がどうあろうと、正しいことと正しくないこととは、子供が鋪石《しきいし》の上にあざやかに蠟石《ろうせき》で引く線のように、神がはっきりお分けになっておいでです。

モントルイユ　さあ、どうでしょうか。その線は海の岸辺の、潮《うしお》の差引で移る堺《さかい》のように、いつも揺れ動いているのではございませんか。アルフォンスは丁度その波打際《なみうちぎわ》で、片《かた》えはいつも波に涵《ひた》しながら、貝拾いをしていただけではございませんか。血の色をした紅いの貝、縄《なわ》の形をした海藻《かいそう》のたぐい、鞭のすがたのかよわい小魚をすなどりながら。

ルネ　お母様のそのお考えは、今ではアルフォンスの考えにそっくりですわ。帰ってきたら、さぞお話が合うことでございましょう。

モントルイユ　私は疲れてしまったのだよ、ルネ。お前のあんな突飛な考えも、疲れ果てた末に生れたのにちがいない。

ルネ　お疲れになったって、アルフォンスに？　それともあなた御自身に？

モントルイユ　意地悪をお言いでない、ルネ。今は疲れた私と疲れたお前が、手をとり合って慰め合い、助け合うべき時じゃないか。

シミアーヌ　お母様は現《うつつ》の闇《やみ》に行き昏《く》れて、この世と神とをつなぐ絆《きずな》をお見忘れになったにちがいない。ルネ様、今こそあなたがお母様をお救い申上げる番ですよ。

モントルイユ　（ルネに）お前になんぞ救ってもらいたくはない。きくところによるとアルフォンスは、ヴァンセンヌの牢屋《ろうや》にいたころ、今を時めくミラボオと昵懇《じっこん》だったと云うじゃないか。

ルネ　いいえ、喧嘩《けんか》をしたのだそうでございます。

モントルイユ　喧嘩をするほど仲好しだったのだね、私とアルフォンスのように。

ルネ　少しでも誇りをお持ちだったら、昔あれほど虐《しいた》げた人に、縋《すが》ろうというお気持など……

モントルイユ　誰が縋ろうと言いました。アルフォンスのほうからこんな風に、手紙に書いてきたのじゃないか。私が今後難儀にぶつかったら、あれがいかようにもして新政府に口をきき、私を助けてあげたいと。

シミアーヌ　そう書いてまいりましたか、アルフォンスが？　ああ、何という美しい心。あの愛らしい金髪の子供の、清らかな姿がよみがえって、サド侯爵は敵をいとしみ、すべてを恕《ゆる》すお気持になられた。もう御自分の罪は存分に認めておいでだろう。血みどろの夜が明けて、あの方の心に、聖《きよ》い暁の光りがさし入った。ルネ様、あなたのお気持は、誰の目にも鮮やかですわ。アルフォンスのなかに今しもその聖い光りの、最初の兆《きざし》をお認めになり、御自分がまず世を捨てて、その聖い光りの源のほうへ一歩を進め、そうして少しずつ侯爵を、光りへ導こうとしておいでになる。そのあなたの健気《けなげ》なお姿を見れば、侯爵もお心のうちに芽生えた光りの兆を等閑《なおざり》にはなさらず、その光りを消されぬように養い育て、ついには奥様のおあとに従って、隈《くま》ない光りの只中《ただなか》へ歩み入ろうとなさるでしょう。ルネ様、あなたこそこの世のあらゆる女の、貞淑の鏡でいらっしゃる。あなたこそ、世の妻の貞淑の一番高い位をお占めになる、神の花嫁になられる方。私も永い一生に、いろいろな御婦人にお目にかかりましたが、あなたほど「貞淑」という文字にふさわしい方はございません。

ルネ　でも、シミアーヌの小母さま……

シミアーヌ　何でございます。

ルネ　それはたしかに光りでございました。私に良人《おっと》を捨て世を捨てる決心を固めさせたのは。……でも、何と申したらよろしいか、その光りは小母さまの仰言る光りとはちがうような気がいたしますの。

シミアーヌ　え？

ルネ　聖い光りにはちがいはございませんが、どこか別のところから射《さ》してくるような……

シミアーヌ　何を仰言います。聖い光りの源はただ一つしかありません。

ルネ　そうですわ。もしかしたら同じ源かもしれません。でも、どこかで光りがはねかえり、別の方角から射してくるのかも……。

シミアーヌ　（不安になり）どの方角からその光りがさして来たと仰言るの。

ルネ　しかとはわかりませんが、とにかく別の方角からさして来る光りを、アルフォンスから牢屋で手渡されたあの怖ろしい物語を読むうちに、おぼろげに感じるようになりました。あの人が書いたあの怖ろしい物語、あれは「ジュスティーヌ」という題がついておりました。いつも手渡されるままに蔵《しま》い込んでおりましたのに、何気なく読みはじめたその物語が、私があの人の書き物に目をとおした最初でございました。

それは急に両親を失って世の中へ放り出された、ジュリエットという姉とジュスティーヌという妹の、遍歴の物語でございます。でも世のつねの物語とちがって、美徳を守ろうとする妹はあらゆる不幸に遭い、悪徳を推し進める姉はあらゆる幸運を得て富み栄え、しかも神の怒りは姉には下らず、みじめな最期《さいご》を遂げるのは妹のジュスティーヌのほうなのでございます。心は美しく身持は固いのに、哀れなジュスティーヌは次々と、恥かしめられ、虐たげられ、足の指は切られ、歯は抜かれ、烙《らく》印《いん》を押され、打たれ、盗まれ、ついには無実の罪で刑を受けようという瀬戸際に、姉のジュリエットに再会して救い出され、やっとありあまる幸福に恵まれたのもつかのま、雷に打たれて無残な最期を遂げます。アルフォンスは日に夜を継いで、牢屋のなかでこれを書きつづけました。何のために？　小母様、こんな怖ろしい物語を書くことは、心の罪ではありますまいか？

シミアーヌ　立派な罪です。わが心を汚《よご》し、人の心を毒する、罪であることにまちがいはありません。

ルネ　売春婦や乞食《こじき》女を雇って血を流させるあの罪と、どちらが重い罪でございましょう？

シミアーヌ　同じ重さでございます。心に犯した姦淫《かんいん》は、行ったのと同じことです。

ルネ　でもその行いによってこの世の罪を受け、牢屋であらゆる行いを絶たれ、心の罪だけに身を委《ゆだ》ねて物語を書きつづけるのは？

シミアーヌ　ルネ様、修道院の掟はこの世の掟《おきて》よりもきびしく、行いも心も罪から遠ざけられ、悪は根こそぎに絶たれる場所。アルフォンスは行いこそ絶たれたが、牢のなかで悪のわだかまる根にしがみついていたわけですね。

ルネ　いいえ、そうではございません。アルフォンスはそのとき、私の見ていたアルフォンスとは別の世界へ行っていたのでございます。
シミアーヌ　地獄へ、ですわね。
モントルイユ　あれがつまらぬ子供だましの物語を書いたとて、それがどうおしだい。昔は私もそんな噂《うわさ》におびえ、揉《も》み消せば揉み消せる悪業よりも、あまねく世に知られる本を書くほうが、怖ろしいことだと思っていた。でも今はちがう。そんなものは火に投じて、焼いてしまえばすむことだ。そうすればなくなってしまう。罪の行いはのこりもしよう。書かれた文字は、人目に触れぬ限り、跡方もなく消えてしまう。
ルネ　人目に触れぬ限り？　……でも私の目には触れました。
モントルイユ　たった一人、それも妻の目に触れただけのこと。
ルネ　たった一人、でも触れたのは妻の目にでございます。ああ、あの哀れな女主人公は、心のやさしい、感じやすい、どちらかといえば陰気な淋《さび》しい人となりで、姉の媚態《びたい》にひきかえて羞《はじ》らい深く、乙女らしい姿、思いやりにみちた大きな瞳《ひとみ》、まばゆい肌《はだ》、華車《きゃしゃ》な体つき、やるせなげな声音《こわね》、……まるでアルフォンスが、何も知らなかった時分の若い私の姿絵を描《えが》いたよう。それで私の気づいたことは、この淑徳のために不運を重ねる女の話を、あの人は私のために書いたのではないかということですの。憶《おぼ》えていらして？　お母様。十二年むかしこの部屋で、あなたと恥かしい口争いをいたしましたとき、サン・フォン様のお言葉をまねて、私がこう申しましたのを。「アルフォンスは私です」って。

モントルイユ　そうだ。今もありありと耳にのこっている。お前はそうお言いだった。「アルフォンスは私です」

ルネ　あれはまちがいでございました。とんでもない思いちがいでございました。むしろこう言うのが本当でしょう。「ジュスティーヌは私です」って。牢屋の中で考えに考え、書きに書いて、アルフォンスは私を、一つの物語のなかへ閉じ込めてしまった。牢の外側にいる私たちのほうが、のこらず牢に入れられてしまった。私たちの一生は、私たちの苦難の数々は、おかげではかない徒労に終った。一つの怖ろしい物語の、こんな成就《じょうじゅ》を助けるためだけに、私たちは生き、動き、悲しみ、叫んでいたのでございます。そしてアルフォンスは……、ああ、その物語を読んだときから、私にははじめてあの人が、牢屋のなかで何をしていたかを悟りました。バスティユの牢が外側の力で破られたのに引きかえて、あの人は内側から鑢《やすり》一つ使わずに牢を破っていたのです。牢はあの人のふくれ上る力でみじんになった。そのあとでは、牢にとどまっていたのはあの人が、自由に選んだことだと申せましょう。私の永い辛苦、脱獄の手助け、赦免の運動、牢番への賄賂《まいない》、上役への愁訴、何もかも意味のない徒《あだ》し事《ごと》だったのでございます。

充《み》ち足りると思えば忽《たちま》ちに消える肉の行いの空《むな》しさよりも、あの人は朽ちない悪徳の大伽藍《だいがらん》を、築き上げようといたしました。点々とした悪業よりも悪の掟を、行いよりも法則を、快楽の一夜よりも未来永劫《えいごう》につづく長い夜を、鞭の奴隷《どれい》よりも鞭の王国を、この世に打ち建てようといたしました。ものを傷つけることにだけ心を奪われるあの人が、ものを創《つく》ってしまったのでございます。何かわからぬものがあの人の中に生れ、悪の中でももっとも澄みやかな、悪の水晶を創り出してしまいました。そして、お母様、私たちが住んでいるこの世界は、サド侯爵が創った世界なのでございます。

シミアーヌ　（十字を切る）まあ何ということを！

ルネ　あの人の心にならついてまいりましょう。あの人の肉にならついてまいりましょう。私はそうやって、どこまでもついて行きました。それなのに突然あの人の手が鉄になって、私を薙《な》ぎ倒した。もうあの人には心がありません。あのようなものを書く心は、人の心ではありません。もっと別なもの。心を捨てた人が、人のこの世をそっくり鉄格子のなかへ閉じ込めてしまった。そのまわりをあの人は鍵《かぎ》をじゃらつかせながら廻って歩く。鍵の持主はあの人ひとり。もう私には手が届きません。鉄格子から空しく手をさしのべて、憐《あわ》れみを乞《こ》う気力も残ってはおりません。格子の外で、お母様、小母様、あの人は何と光ってみえますこと！　この世でもっとも自由なあの人。時の果て、国々の果てにまで手をのばし、あらゆる悪をかき集めてその上によじのぼり、もう少しで永遠に指を届かせようとしているあの人。アルフォンスは天国への裏階段をつけたのです。

シミアーヌ　神はそんな裏階段を崩しておしまいになるでしょう。

ルネ　いいえ、神がその仕事をアルフォンスにお委《まか》せになったのかもしれません。それはこれから残る生涯《しょうがい》を、修道院の中でとっくりと神に伺ってみることにいたしますわ。

モントルイユ　それではやっぱりお前は……

ルネ　心はもう決っております。

モントルイユ　ここへ今アルフォンスがかえって来ても？　十八年のあいだお前が待

ちこがれた自由の身になってかえって来ても？

ルネ　それでも決心は渝《かわ》りはいたしません。アルフォンス。私がこの世で逢《あ》った一番ふしぎな人。悪の中から光りを紡《つむ》ぎ出し、汚濁を集めて神聖さを作り出し、あの人はもう一度、由緒正しい侯爵家の甲冑《かっちゅう》を身につけて、敬虔《けいけん》な騎士になりました。あの人がこの世に及ぼす菫《すみれ》いろの光りの中で、あの甲冑がほのかに輝やく。血に錆《さ》びた鉄の浮き出し模様の、唐草《からくさ》の代りに薔薇《ばら》が、花絡《はなづな》の代りに縄が。そしてその楯《たて》は大きな焼鏝《やきごて》の、火に焙《あぶ》られた女の肌の紅いを映し出し、人の悩み、人の苦しみ、人の叫びが、けだかい銀の兜《かぶと》の角《つの》ごとにそそり立ち、あの人は血に飽きた剣《つるぎ》を唇《くちびる》にあてて、雄々しく誓いの言葉を述べる。兜から洩《も》れたあの人の金髪は、円光のように蒼《あお》ざめた顔を取り巻き、あの人の難攻不落の鎧《よろい》は、人々の吐息に燻《くす》んだ銀の鏡のよう。籠手《こて》を外してあらわれた女のような白い美しい手が、人々の頭《こうべ》に触れると、もっとも蔑《さげす》まれ、もっとも見捨てられた人も勇気を取り戻《もど》し、あの人のあとに従って、暁のほのめく戦場へ勇み立つ。あの人は飛ぶのです。天翔《あまが》けるのです。銀《しろがね》の鎧の胸に、血みどろの殺戮《さつりく》のあと、この世でもっとも静かな百万の屍《しかばね》の宴《うたげ》のさまをありありと宿して。あの人の冷たい氷の力で、血に濡《ぬ》れた百合はふたたび白く、血のまだらに染った白い馬は、帆船の船首《みよし》のように胸を張って、朝の稲妻のさし交わす空へ進んでゆく。そのとき空は破れて、洪水《こうずい》のような光りが、見た人の目をのこらず盲《めく》らにするあの聖《きよ》い光りが溢《あふ》れるのです。アルフォンス。あの人はその光りの精なのかもしれませんわ。

（シャルロット登場）

シャルロット　サド侯爵がお見えでございます。お通しいたしましょうか。

（一同沈黙）

お通しいたしましょうか。

モントルイユ　ルネ……。

シミアーヌ　ルネ様……。

ルネ　（永い間《ま》ののち）侯爵はどんな御様子だった？　シャルロット。

シャルロット　戸口の外でお待ちでいらっしゃいます。お通しいたしましょうか。

ルネ　どんな御様子かときいているのです。

シャルロット　あまりお変りになっていらっしゃるので、お見それするところでございました。黒い羅紗《らしゃ》の上着をお召しですが、肱《ひじ》のあたりに継ぎが当って、シャツの衿元《えりもと》もひどく汚れておいでなので、失礼ですがはじめは物乞いの老人かと思いました。そしてあのお肥《ふと》りになったこと。蒼白《あおじろ》いふくれたお顔に、お召物も身幅が合わず、うちの戸口をお通りになれるかと危ぶまれるほど、醜く肥《こ》えておしまいになりました。目はおどおどして、顎《あご》を軽くおゆすぶりになり、何か不明瞭《ふめいりょう》に物を仰言るお口もとには、黄ばんだ歯が幾本か残っているばかり。でもお名前を名乗るときは威厳を以て、こんな風に仰言いました。「忘れたか、シャルロット。」そして一語一語を区切るように、「私は、ドナチアン・アルフォンス・フランソワ・ド・サド侯爵だ」と。

（一同沈黙）

ルネ　お帰ししておくれ。そうして、こう申上げて。「侯爵夫人はもう決してお目にかかることはありますまい」と。

——幕——

——一九六五、八、三一——

わが友ヒットラー　三幕

時
一九三四年六月

所
ベルリン首相官邸

登場人物
アドルフ・ヒットラー
エルンスト・レーム
グレゴール・シュトラッサー
グスタフ・クルップ

第一幕

（ベルリン首相官邸の大広間。舞台奥にバルコニー。モーニング姿のヒットラーが、そのバルコニーに立って、舞台奥へ向って演説をしており、合間々々で群衆の歓呼。ヒットラーの右に、突撃隊ＳＡの制服のレーム、左に背広のシュトラッサーが、ヒットラーと同様、観客に背を向けて侍立している。

ヒットラーの演説と歓呼の声は、幕あき前からはじまり、幕があくと、そのままつづく）

アドルフ・ヒットラー　思ってもみよ、諸君、われらの祖国は、今や屈辱の時を脱して、歩一歩、新らしい独立と建設の時に向って進みだした。十八年前を思い出したまえ、あの大戦末期の一九一六年を。あのころ私は、勇敢な兵士として戦って負傷し、ベーリッツの衛戍《えいじゅ》病院にいたが、そこで腸《はらわた》の煮えくりかえるような思いがしていた。戦後ドイツ国民の魂を腐らせた黴菌《ばいきん》は、すでにそのときに胚胎《はいたい》していたのだ。衛戍病院ではまじめな兵隊は笑い者にされ、自分の手をわざと鉄条網に引っかけて、ここへ送られてきた男が自分の卑怯《ひきょう》を自慢し、自慢するばかりか、勇敢な雄々しい兵士の死よりも、自分の行為のほうがずっと勇敢だと揚言していた。どう思う？諸君。戦後の頽廃《たいはい》は、すでに戦時中の銃後に兆《きざ》していたのだ。戦後のあのもろもろの価値の顚倒《てんとう》は、卑怯者の平和主義は、尻《けつ》の穴よりも臭い民主主義は、祖国の敗北を喜ぶユダヤ人どもの陰謀は、共産主義者どもの下劣なたくらみは、悉《ことごと》くその日に兆していたのだ。ああ、金色《こんじき》のヴァルハラの大広間に、ヴァルキュリーたちによって運ばれた、気高い戦場の勇士たちの亡骸《なきがら》は、ひとたび霊に目ざめるや、祖国ドイツのこの有様をのぞみ見て、いかに万斛《ばんこく》の涙を流したことであろう。楯《たて》の格天井《ごうてんじょう》、鎧《よろい》の椅子《いす》は、卓上の焰《ほのお》に照り映えて、悲嘆の響きを鏘然《そうぜん》と高鳴らせたことであろう。……しかし今やそれらも終った。あらゆる虚偽と敗北と不浄の地は浄《きよ》められたのだ。昨年一月、私が首相に就任以来、神々は私の内閣に真の国への忠誠と使命を託された。憎むべき国会議事堂放火事件によって、共産党は自ら墓穴を掘った。もはやわれわれの国会には、売国奴《ど》の一味共産党はおらぬ。非国民の寄り集まり社会民主党はおらぬ。日和見《ひよりみ》主義者の巣窟《そうくつ》カトリック中央党はおらぬ。光輝ある祖国の伝統の後継者であり、力強いドイツの未来の担い手である、われらナツィオナール・ゾツィアリスティッシェ・ドイッチェ・アルバイタア・パルタイがあるばかりである！

（この演説の中程で、老いたグスタフ・クルップがステッキをついて登場し、一寸《ちょっと》立止って演説をききかけるが、欠伸《あくび》をして、舞台中央へ進み、上手《かみて》寄りの長椅子に、観客に正対して、腰を下ろし、しばらく退屈なこなし。やがて、レームに合図をするが、レームは振向かぬ。やっとレームが振向き、合図に気づき、ヒットラーに気兼ねしつつ、席を外して、舞台前面へ来て、クルップと話しはじめるのが、右の「あるばかりである！」という終句にはまる。歓呼の声と共に演説はなおつづくが、クルップとレームの会話がはじまると同時に、ヒットラーの声はきこえなくなり、身振のみがつづく）

エルンスト・レーム　又アドルフの演説の邪魔をしに見えたんですか。

グスタフ・クルップ　あの人の演説は、表て側から聴くよりも、裏側から聴くほうが味がある。よいプリマ・ドンナの歌は裏側へまでひびくんだよ。私はむかしから花束を胸に抱えて、幕溜《まくだま》りで待っている役目なのさ。

レーム　今日もその花束を御持参ですか。

クルップ　いかさま鉄の花束をね。レーム君、君は資本家などというものを、十把一《じっぱ》トからげに「反動」扱いしているが、少なくともわがクルップ商会は、社長の私《わたくし》心《ごころ》などではみじんも動かない、鉄の意志、鉄の心、いいかね、鉄の描く夢に従って動いて来たのだ。鉄が、戦後のわが社のように、活動写真の映写機だの、金銭登録機だの、鍋釜《なべかま》だのに製《つく》られて喜んでいたと思うかね。鉄の描く夢がみじんに砕かれて、女子供《こ》や小商人《あきんど》の不甲斐《ふがい》ない指に操られて、満ち足りていたと思うかね。クルップ家はどうでも鉄の夢を叶《かな》えてやらなければならんのだ。

レーム　だから叶えてやればいいじゃありませんか。

クルップ　君は軍人だから単純にそう言う。

レーム　そうです、俺《おれ》は軍人です。しかしあんな勲章のかげで太い腹を波打たせて昼寝をしている、様子ぶったドイツ国軍の軍人じゃありません。生きた軍隊、若く、荒々しく、何ものをも怖《おそ》れず、牛飲馬食、気分次第で商店の飾窓を蹴《け》破りもすれば、虐《しいた》げられた人々の味方に立って血も流す、本当の義俠《ぎきょう》義血のあばれ者の軍隊なのです。

クルップ　それが君の突撃隊の綱領なんだね。

レーム　そして俺、突撃隊幕僚長の夢なんですよ、そういう軍隊が国軍の中核になり、糖尿病の将軍たちを追っ払うことが。……それを何だ、突撃隊の使命はもう終ったなどと……

クルップ　誰《だれ》がそんなことを言うのだ。

レーム　アドルフが、……いや、アドルフがそう考える筈《はず》がない。アドルフにそう言わせる奴《やつ》が……

（このとき又ヒットラーの演説がきこえ、クルップとレームの会話はつづくが、きこえなくなる）

ヒットラー　しかしだ、諸君。革命というものはいつまでも続くものではなく、ただだらだらと続けさせて国民経済の破綻《はたん》を招いてはならんのだ。ふたたびあの飢餓とインフレーションと瓦礫《がれき》の時代をドイツに齎《もた》らしてはならんのだ。そうなったらみすみす敵の思う壺《つぼ》にはまることになる。今こそ輝やかしい建設の時代がはじまった。われわれは堰《せき》を切った革命の奔流を、「進歩」という安全な水路へ導かねばならぬ。われわれの綱領は、ただわれわれに莫迦《ばか》や狂人のようなぶちこわし屋たれと教えているのではない。われわれの神かけて正しい思想を、賢明に、注意ぶかく、歩一歩、実現するようにと教えているのである。祖国の繁栄よりも高い理想はないと心得、「ドイッチュラント、ドイッチュラント、ユィーバア、アルレス」というわが偉大な国歌の歌詞を真に理解する者こそ、本当の社会主義者なのである。諸君、今こそ全国民一丸となって、銃器の代りに鉄のハンマーをふりあげて、栄光ある大ドイツの再建に邁進《まいしん》すべき時なのである。

（このときヒットラーの声はきこえなくなり、前面の会話へ移る）

クルップ　今度はハンマーだとさ。エッセンの重工業の連中が、「ヒットラーはわれわれを破滅にみちびく」と嘆いている声が、奴《やっこ》さんの耳にも届いているらしい。

レーム　しかし、アドルフはいい奴ですよ。モーニングや燕尾服《えんびふく》を着込んでから、鼻持ちならないお洒落《しゃれ》になったが、昔ながらのいいところは残っている。彼は友誼《ゆうぎ》に厚いんです。

クルップ　その友誼に厚い彼が、どうして君をなかなか大臣にしなかった。

レーム　彼なりに考えてくれたんですよ。政権をとりはしたものの、はじめのうちは手枷《てかせ》足枷で、どうにもならず、やっと俺を大臣に迎え入れてくれるまで、彼が孤軍奮闘して、地ならしをしてくれていたわけだ。悪いのはゲーリングです。あの勲章きちがい。自力《じりき》でもらった勲章は、プロシヤ軍隊の「プール・ル・メリート」だけで、去年の夏大統領から将軍の位をもらってから、有頂天になって、国軍の代弁者のような口をききだした。わが突撃隊と国軍との間に水をさしたのはあいつです。しかも、何たる、何たる卑劣な。あいつは突撃隊はもう必要がないから解散させると言明した。できるもんですか、そんなことが。この俺をさしおいて、ドイツ国軍の十倍以上の、三百万の突撃隊を率いる俺を。

……隊長を引受けたときはたったの一万、それをわずか二、三年で三百倍にふやした俺を……

クルップ　レーム君、君をともかく君の塒《ねぐら》から追っ払うことは誰にもできんよ。君の軍服は君という鷲《わし》の羽根毛なのだ。羽根毛をむしれば、君はもう生きてはいられない。できれば鷲は、剝製《はくせい》にするのが一番よいのだがなあ。

レーム　そうですとも、俺は根っからの兵隊です。パジャマで寝るよりも、(制服を引張って)こいつで寝たほうが寝心地がいい。軍服は俺の肌に喰い込んでいるのです。子供のときから俺が考え、望んだことは一つしかなかった、つまり兵隊になろうということ。そんな俺が、考えてもごらんなさい、十年前に陸軍をやめたときは、身も切られる思いでしたよ。しかし今じゃよくわかりました、革命の精神を持たない国軍、あのプロシヤの将軍どもにいまだに牛耳《ぎゅうじ》られているばかな軍人たちに委《まか》せておけば、この次の戦争にも必ず負けると。

クルップ　まあいいじゃないか、君は自分の夢の軍隊を作った、突撃隊という三百万の大世帯《おおじょたい》を。

レーム　しかもその三百万が冷飯を喰わされている。

クルップ　あせりなさんな。今に又いい目が出るよ。

レーム　クルップさん、あなたのように子供のときから絹のシャツで育った人は、軍隊のさわやかさも美しさも御存知ないんだ。

クルップ　なるほど私は知らないが、私の鉄は知っている。熔鉱炉の焔で融《と》かされながら、鉄は兵舎の冷たい夜を夢みているんだ。

レーム　軍隊こそ男の天国ですよ。木の間《こま》を洩《も》れる朝日の真鍮《しんちゅう》いろの光りは、そのまま起床を告げる喇叭《らっぱ》のかがやきだ。男たちの顔が美しくなるのは軍隊だけです。日朝点呼《にっちょうてんこ》に居並ぶ若者たちの金髪は朝日に映え、その刃《はがね》のような青い瞳《ひとみ》の光りには、一夜を貯えた破壊力が充満している。若い野獣の矜《ほこ》りと神聖さが、朝風に張った厚い胸板に溢《あふ》れている。磨《みが》かれたピストルも長靴《ちょうか》も、目ざめた鉄と革の新らしい渇きを訴えている。若者たちは一人のこらず、あの英雄的な死の誓いのみが、美と贅沢《ぜいたく》と、恣《ほしいまま》な破壊と快楽とを、要求しうることを知っているのです。昼、兵士たちは擬装によって自然に化け、火を吹く樹木になり、殺す叢《くさむら》になった。そうして夜、例外なく汗と泥《どろ》に汚れた兵士たちを、手荒く迎える兵営のそっけないやさしさ。自分の昼間犯した破壊をなお夕映えのように頰《ほお》に宿している若者たちは、銃器の手入れをしながら、この油と革の匂《にお》いに、自分たちの肉にしみこんだ野蛮な抒情を、この世界を大本《おおもと》で引きしめている鉱物と野獣の青黒い群の感覚を確認するのです。やさしい消燈喇叭、あの金属のなめらかな指は、粗い軍隊毛布を顎《あご》まで引き上げて、長い睫《まつげ》をそろえて閉じた若者の瞼《まぶた》を、そっと憂《うれ》わしく撫《な》でて眠らせます。男の特性はすべてあらわになり、雄々しさはすべて表立つ軍隊生活は、それだけ殻《から》の内側に、甘い潤沢な牡蠣《かき》の肉のやさしさを湛《たた》えています。この甘い魂こそ、共に生き共に死ぬことを誓い合った魂こそ、戦士のみかけのいかめしさをつなぐ花綵《はなづな》なのだ。兜虫《かぶとむし》は砂糖水でしか育たぬことをあなたは御存知ですね。

クルップ　そして君のその、突撃隊の使命は何だね。

レーム　革命です。永遠に更新する革命です。突撃隊はいわば浚渫船《しゅんせつせん》なのです。強大な逞《たくま》しいクレーンで、海底の泥《どろ》をつかみ上げ、もっともっと海底を深くするための。今よりもずっと大きな船が通れるように。

クルップ　泥と一緒に屍体《したい》をつかみ上げるというわけか。

レーム　たまには生きた人間もね。クルップさん。われわれはこの不道徳の、腐敗の、反動の、怠惰の、国際主義の、見るもけがらわしい泥の中へいやいや逞しい鉄腕をつっこんでいるのですよ。こいつを洗いざらいつかみ上げるまでは、決してやめることはできません。

クルップ　もっと大きな船が通れるために……。

レーム　そうです、もっとずっと大きな船が通れるために。
（二人沈黙。歓声がこの沈黙を充たす）
クルップ　少なくともよくわかったよ、君にとって何より大切なのは、君の考える「軍隊」だということが。……しかし、ヒットラーもそう考えるだろうか。
レーム　あの戦いの日々、ミュンヘンで、あいつは俺の紛れもない戦友でした。ごらんなさい、若干洒落者になりすぎたが、あいつは今でも俺の戦友です。
（ト惹《ひ》かれる如《ごと》く立って、再びヒットラーの右側へゆき、観客に背を向けて侍立する）
ヒットラー　かくて、諸君、ドイツ国民の偉大なる闘争運動は新らしい段階に入ったのだ。赤の脅威はすでに根絶やしにされ、われらのトラクターは、坦々《たんたん》たる平野へ乗り出した。この新らしい段階における当面の任務こそ、教育である。新らしい偉大なドイツにふさわしいドイツ国民を育成するための教育である。もう貧血症の、屁理窟《へりくつ》屋の教授連は一切要らん。銃一つ持てないほど非力だから、我身可愛《かわい》さにヒステリックな平和主義の叫びをあげる、きんたまを置き忘れたインテリは一切要らん。少年に向って亡国の教えを垂れ、祖国の歴史を否定し歪曲《わいきょく》する非国民教師どもは一切要らん。ドイツの青年がウォーダンのごとく雄々しく美しく、白馬にまたがって大空を翔《かけ》ることができるように、教育する者こそドイツの教師なのだ。そうではないか、諸君。目ざめた諸君の一人一人が教師となり、まだ心からわが党の士になっていない数百万の人々を教育する使命を負うているのだ。それが達成された暁にこそ、わが国家社会主義革命は、磐石《ばんじゃく》の礎を持つことになるのである。

（この演説のあいだ、クルップは又退屈げにしているが、シュトラッサーに向って合図をこころみ、ついにシュトラッサーが合図に気づいて、クルップのそばへ来て語りはじめるところが、「礎を持つことになるのである」にはまる）

グレゴール・シュトラッサー　何か御用ですか、クルップさん。

クルップ　いや、犬猿《けんえん》の仲の君とレーム君がむかしのように、ヒットラーの左右に侍っているのが、私には不審でならないのだよ。

シュトラッサー　私にだって不審ですね。ずっと私を寄せつけなかったヒットラーから、急に呼出しがかかって来てみれば、レームも同じように呼出されたとみえて、レームと私はお互いに気まずく顔を見合わせるばかり。しかもいつものヒットラーの流儀で、いつ果てるともしれぬ演説のあいだ、こうして黙って待たされていて、用談はみんな後廻し。きっと肝腎な用談のほうは二三分で片附けられるにちがいありません。何の話か私は知りませんがね。

クルップ　それはまあ御苦労なことだ。それで、何の話だと思うかね。シュトラッサー君。

シュトラッサー　おそらくあなたのような反動的資本家と、きれいさっぱり手を切る相談でしょう。

クルップ　これはこれは御挨拶《ごあいさつ》だね。誰しも私を必要としていればこそ、私を穢《きたな》い名で呼びたがるんだね。もう二年も前になるか、ヒットラーが君と手を切ってくれたので安心して、われわれはシャハト博士の顔を立てて、莫大《ばくだい》もないナチスの借金の肩代りをしてやったものだ。ナチスの今日あるは、このためだと私は思うんだがね。実業界では君のことを貧乏神と呼んでいる。労働者を焚《た》きつけることしか知らん男に、国の経済をいじられてはたまらんからね。

シュトラッサー　しかしもう一度私の時代が近づいていると、お感じになることはありませんか。党は累卵の危《あやう》きにある。一九三二年が再現して、私にもう一段と良いカードを切らせてくれるかもしれません。

クルップ　君のいうことには一理ある。君が何を言いたいかもよくわかる。が、言わずにおきたまえ。クルップ家の人間は、必要に応じて聾《つんぼ》になるのだ。

シュトラッサー　復員後結婚してランツフートで薬屋をやっていたころから、私の考えはちっとも変っていません。私の持札はいつも同じで、ヒットラーがそれを使う気になるかならぬかが分れ目というところです。クルップさん、あなたが鉄砲屋なら、私は薬屋ですからね。人の土手ッ腹に弾丸《たま》を打ち込むか、それとも人の命を救うか、商売にも向き不向きがあるだけです。ただ私の売る薬は、効き目はすばらしいし、瀕死《ひんし》の病人も蘇《よみがえ》らすが、多少の副作用があることは否《いな》めない。あなた方のような重工業と大不動産権は、どうしてもわが国家社会主義の目的に照らして、お国へ召し上げてしまうほかはないのです。できればあなた方にも菜ッ葉服を着ていただき、(定めしお似合ではないとは思いますが)、上等の葉巻を吹かすだけの手間暇をかけて、旋盤のひとつも習いおぼえていただきたいわけです。

クルップ　党の連中はベンツをつらねて別荘へゆき、私はその間腰をかがめて旋盤をいじくるというわけだね。

シュトラッサー　ヒットラーはなかなか同意しないが、ドイツが望んでいるのは正にそれなんですよ、クルップさん。国家への無私の奉仕、口先だけではない果断な行為。あなたのような方が先に立って、戦争の利得をお国へ返し、酒庫《ケラー》を開けて民衆に振舞い、イギリスの真似事《まねごと》の猟場を解放し、シャンパンの代りにドイツの牧場《ぼくじょう》の純良な牛乳を呑《の》むようになさればいいのです。

クルップ　牛乳なんぞ呑んだら病気になるよ。

シュトラッサー　同じようなことをいつかレームも言ってましたね。いい年をして「兵隊ごっこ」に憂身《うきみ》をやつしているあの男は、酒しか呑めない青年を養成しているわけです。そんなことでドイツの将来はどうなりますかね。レームは又、男の中の男であるために、大酒を呑むだけのことなんです。

クルップ　そして君は牛乳愛好家の、健やかな未来に賭《か》けた社会主義者か。牛乳いろの未来というわけか。やれやれ私は生きていたくないね。

ヒットラー　……腕を組んで、未来へ邁進しよう。そして私について来てもらいたい。私は指導者となり尖兵《せんぺい》となって、諸君のゆくての障害を一つ一つ片附け、危険な地雷源を身を挺《てい》して処理し、諸君の力強い行進の足並が一糸乱れず前進することを保証しよう。ドイツ万歳！　ドイツ万歳！

（シュトラッサーすでにヒットラーの左手へ戻《もど》って侍立。ハイル・ヒットラーと叫ぶ群衆の歓呼しばらく鳴りやまず。クルップもしぶしぶ立上る。ヒットラー、観客に向って立ち、まだ昂奮《こうふん》からさめぬ面持《おももち》で、手巾《ハンカチ》で汗を拭《ふ》いている）

クルップ　（奥へ歩みつつ、握手の手をさしのべて）いや、結構だった。結構だった、アドルフ。すばらしい演説だったよ。

ヒットラー　聴衆の反応はどうでした？

クルップ　あれ以上熱烈な反応は考えられんね。

ヒットラー　見ておられなかった証拠ですね。（レームに）エルンスト、お前はどう思った？

レーム　申し分のない反応だったじゃないか。

ヒットラー　お前はあの広場の東の角の、街燈の下に立っていた黄いろいスーツの女を見なかったのか。あの女は演説の途中で、しかも一番大切なところで、くるりと背を向けて帰ってしまった。わざと私の目につくように、あんな色のスーツを着て、目立つところにいて、帰ってみせたにちがいない。あれはユダヤ女だ。きっとそうだ。

（話しつつ、ヒットラーはクルップと共に長椅子《ながいす》に掛ける。レームとシュトラッサーはお互いに離れて立っている）

眺《なが》めれば眺めるほど、この首相官邸というやつは陰気な建物だな。これが自分の住家になることを、あれほど望んだのも今では嘘《うそ》のようだ。……さてと、クルップさん、折角のお越しで申訳ないが、今日はこの通り、わざわざ二人の旧友に来てもらっている。一人一人と用談をすませてから、あとでゆっくりお目にかかれませんかな。それまで控の間ででもお休み下すって。

クルップ　御意《ぎょい》次第ですよ、総理。ただ何分私は老人で、持時間の少ないことをお忘れなく。

（ト立上り、レームとシュトラッサーの顔を等分に見る）

ヒットラー　まず、エルンスト、残りたまえ。

（クルップとシュトラッサー去る。レーム欣然《きんぜん》とヒットラーに近づき、改めて握手する）

レーム　よかったよ、アドルフ、美しい力強い演説だった。お前はやっぱり芸術家だ。

ヒットラー　芸術家ではあるが軍人ではないと言いたいんだろう。

レーム　その通り。神が役割を書かれたのだ、アドルフは芸術家、エルンストは軍人、とね。

ヒットラー　君の兵隊さんたちは士気旺盛《おうせい》かね。

レーム　それは君次第さ、アドルフ。

ヒットラー　その話は又あとにしよう。それにしても、閣議以外にはゆっくりさしで話す暇もないこのごろだが、お前はいつ見ても、元気で、若々しく、精力に溢《あふ》れているね。ウォーダンのように蜂蜜《はちみつ》の水を誰《だれ》かに呑ませてもらっているのかね。……来てもらったのは他《ほか》でもない。煩《わずら》わしい政務からのがれて、本当に心を許せる旧友と、昔話のひとつもしたいと思ったからだ。

レーム　すると又しても一九二〇年代だ。十年前《まえ》、われわれの神話、われわれの闘争の時代だ。
ヒットラー　ミュンヘンではじめてお前に会ったとき、俺は一目でここに同志がいたと直感したのだ。ミュンヘン陸軍地方軍司令部参謀エルンスト・レーム大尉殿、……俺は思わず直立不動の姿勢で敬礼した。（ト敬礼する）
レーム　（いい気持になって）ヒットラー上等兵、俺はこれから党の建設に、軍の後楯《うしろだて》がいかに大切か、党の組織に、軍の組織力がいかに必要か、党の運動に、戦術の知識がいかに有効か、これをみんな教えてあげよう。俺の人生、俺の命は、このときからお前に託そう。……俺はそう心に誓ったものだ。そして俺はそのとおりにした。軍を味方に引き入れてやり、軍の機密費で新聞を買ってやり、軍の力で義勇団や在郷軍人を集めてやり、お前に戦術のイロハから教え、そして肩を組んで、あの欺瞞《ぎまん》と裏切りの時代の嵐《あらし》のなかへ、まっしぐらに突進したのだ。
ヒットラー　エルンスト、お前はいつも勇敢だった。
レーム　そしてわれわれは時々やりすぎた。
ヒットラー　今もやりすぎる。
レーム　（きかぬふりをして）一九二一年十一月、ホフブロイハウスの集会で、われわれ突撃隊が赤をやっつけたときは愉快だったなあ。赤のやつらはその旗の色で、そのふやけた真蒼《まつさお》な顔を塗りたくる羽目になったのだ。

ヒットラー　そしてあの長靴の一件さ。アドルスト鼠《ねずみ》の一件さ。

レーム　そうだ、長靴だ、思い出した。あのとき乱闘から引揚げて、ふと気がつくと、俺の体は何ともなくて、身代りに俺の長靴が、名誉の負傷をしていたわけだ。

ヒットラー　爪先《つまさき》に大きな穴があき、靴底《くつぞこ》が剝《は》がれて口をあいていた。

レーム　俺は早速靴直しに出そうとした。すると、アドルフ、お前が反対した。

ヒットラー　何と云っても戦跡をとどめた突撃隊幕僚長の長靴ほど、われわれの神話的な闘争を記念し、隊員の士気を鼓舞するものはないと信じたからだ。そこでお前は長靴を新調し、俺は事務所の棚《たな》の上へ、恭《うやうや》しく磨《みが》き上げてその長靴の片方を飾った。

レーム　あれにチーズなんぞ入れた奴《やつ》は誰だろう。

ヒットラー　さあ、今以て犯人はわからない。これもきっとユダヤ人にちがいない。

レーム　チーズを入れといた奴がある。そこで夜、俺がお前を事務所に訪ねたら、静かな事務所のどこかで怪しげなカリカリする音がしていた。そこで俺が長靴の穴から鼻を突き出した一匹の鼠を発見したというわけだ。

ヒットラー　お前は怒って鼠を殺そうとした。
レーム　それを止《と》めたのはお前だった。
ヒットラー　そうだ、チーズの件はともあれ、お前の歴史的な長靴にすべり込んだ勇敢な鼠が、俺には何だか縁起のいいものに思われたんだ。
レーム　それから毎晩、お前がチーズを補給するようになったんだな。
ヒットラー　鼠はだんだん馴《な》れてきた。俺とお前が二人きりで長い夜話《よばなし》をしていると、必ず鼠があらわれて、おそれげもなく近づいてくるようになった。そこで名前をつけてやる必要が生じた。
レーム　ある晩行くと鼠が出てきた。首に緑いろのリボンをつけていた。見ると、エルンストと書いてある。俺は烈火のごとく怒ったね。(両人顔を見合わせて笑う)しかしその場はそしらぬふりをして、あくる晩になって今度はお前が……
ヒットラー　今度は俺が怒ったわけだ。なにしろ、鼠が赤いリボンを首に結んでいて、それにアドルフと書いてあるんだからね。(両人笑う)俺たちはつかみ合いの喧嘩《けんか》をした。十年前まで、……そうだ、あのころまで、俺たちは兵営式の、カラッとした、とっくみ合いの喧嘩をするほど若かったのだ。……もちろん腕力ではお前にかなう筈《はず》もない。とどのつまりは、俺が妥協案を持ち出した。……そしてその晩以後、鼠は白いリボンを首につけるようになり、鼠はその名をアドルストと呼ばれることになったんだな。
レーム　アドルスト鼠か。グリムの童話にも出て来ない鼠だ。
ヒットラー　まったく剽軽《ひょうきん》な鼠だった。
レーム　あの鼠はあれからどうしたろう。
ヒットラー　いつともしれず、いなくなった。
レーム　死んだのかな。
ヒットラー　多分そうだろう。
レーム　（歌う）共に戦い
（歌う）死なばもろとも
ヒットラー　（歌う）銃《つつ》を執《と》る身は
レーム　（歌う）いくさの場《にわ》に
ヒットラー　（歌う）赤き雛罌粟《ひなげし》
レーム　（歌う）胸に咲かせて……
——あのころはよくあの歌をうたったな。感傷的な歌だったな。アドルフ・ヒットラー作詞作曲。お前はもうあんな歌を党員が歌うのを許しはしないだろう。

ヒットラー　ばかにするな。ウィーンの学生時代、俺は音楽劇を作曲しかけたこともあった。

レーム　「鍛冶《かじ》屋のウィーラント」だろう。その楽譜はどこへ行った？

ヒットラー　春になると、俺はよく一人でウィーンの森へ散歩に出かけた。一度なぞはアルプスのゼンメリング峠まで足をのばしたことがある。楽譜はその峠から風に飛ばした。雪ののこるアルプスの谷々へ、俺の楽譜は散らばって、ゆっくりと舞い下りた。残雪に落ちた頁《ページ》は雪に紛れ、春の草むらの緑に落ちた頁はエーデルワイスの花のように見えた。……エルンスト、つくづく思えば、俺は芸術家になればよかったのだ。

レーム　それで辻褄《つじつま》が合うのだ、アドルフ。エルンストは軍人、アドルフは芸術家、そうして手を握り合ってゆけばよいのだ。

ヒットラー　今さらそれができると思うかい。

レーム　今でもできるよ。

ヒットラー　どうかな。……ともかく俺は、芸術家になればよかったのだ。あの偉大なワグナーのように、この世界の鍋《なべ》を無と死の把手《とって》でしっかりと握り、腕のいい板前のように、世界中の代表的な人間とその情念とを、のこらず煎鍋《いりなべ》の上に載せて、巨人ズールトの永遠の焔《ほのお》の上で、パチパチと音を立てて煎《い》ってしまえばよかったのだ。そのほうがずっと楽だし、ずっと居心地のいい名声が得られただろう。首相になっても、やれ生れが賤《いや》しいの、やれ教養がないのと、蔭でこそこそ囁《ささや》かれているよりはな。……そこでだ、軍人のエルンスト、お前が大尉時代に俺に嚙《か》んで含めるように言っていたことを思い出してもらいたい。

レーム　何を？

ヒットラー　さっき自分でもしていたばかりじゃないか。「党の建設に、軍の後楯がいかに大切か」と俺に教えてくれた話を。

レーム　それで？

ヒットラー　だから今こそ、むかし自分の言ったことを思い出してほしいのだ。

レーム　昔と今とは事情がちがう。

ヒットラー　いや、政治的な法則は不変だよ。

レーム　では、言おうか。なるほどお前の言うとおり、昔も今も同じかもしれん。軍の後楯は必要かもしれん。但《ただ》し昔は純粋に党のため、今はただ単にお前が次期大統領になるためにだ。ヒンデンブルク大統領は死にかけている。この夏一杯保《も》つかどうか。

ヒットラー　それを言わぬものだ、エルンスト。それじゃあ政敵の口ぶりだ。同志としてもっと親身《しんみ》な言い方はできないのか。

レーム　それなら親身な言い方をしよう。お前がヒンデンブルク元帥《げんすい》の後釜を継ぐのは俺も賛成だ。俺の力の及ぶ限り助けもしよう。三百万の突撃隊員の新らしい軍隊を後楯にしてな。

ヒットラー　だから……

レーム　待て。しかし俺は、お前が腐敗と反動の後釜を継ぐのには反対だぞ。折角俺たちの力で一新したこの新らしいドイツを裏切って、買弁資本家やユンカー一族、保守派の老いぼれ政治家や老いぼれ将軍、将校クラブで俺を鼻であしらった貴族出身の無能な士官たち、革命や民衆のことを一度も考えたことのないあの様子ぶったプロシャ国軍の白手袋たち、朝からビールとじゃがいものおくびをしている布袋腹《ほていばら》のブルジョアども、官僚というあのマニキュアをした宦官《かんがん》ども、……あんな連中の上にのっかって、あんな連中にへいこらしながら、シーソオ・ゲームに憂身をやつして、お前が大統領になるなら反対だぞ。断乎《だんこ》として反対だぞ。俺が腕ずくででも止《と》めてみせる。

ヒットラー　エルンスト！

レーム　きけ。俺はお前に大統領になってほしいと思っている。心からそう思っている。しかし、それには力を協《あわ》せて、この腐った土地の上のごみ掃除をやってのけてからだ。軍部が何だ。口だけではおどしをきかせるが、軍服の中身はからっぽの、あんな金ぴかの案山子《かかし》のどこが怖い。ドイツには革命的な軍隊は一つしかない。それがわが三百万の突撃隊だ。……いいか、アドルフ。大掃除のあとでベルリンの広場には、いちめんに純白の絨毯《じゅうたん》を敷き詰めて、お前を大統領に推戴《すいたい》しよう。忘れてはいけない。革命はまだ終ってはいないのだ。次の革命のあとでドイツは本当によみがえり、ハーケンクロイツの旗は朝風にはためき、あらゆる腐敗と老醜を脱して、若々しい復活したウォーダンの国が、眼《まなこ》は涼しく、逞《たくま》しく、樫《かし》のような腕をしっかりと組み合せた、美しい、男らしい戦士共同体の国が立てられるのだ。お前はその国の首長になる。その国の首長になることこそ、アドルフ、お前の輝やかしい運命なんだ。そのためには俺はこの命をさえ捧《ささ》げよう。

ヒットラー　ありがとう、エルンスト、お前の気持はよくわかった。お前の熱誠は疑いようがない。

レーム　だから軍部などを相手にするな。

ヒットラー　つまりお前のいなくなった軍部などは軍部ではないというわけだな。

レーム　そうだ。お前には突撃隊がついている。

ヒットラー　しかし、軍部がそこにいるということは否定できないな。

レーム　俺はあんなものにはとっくに愛想《あいそ》を尽かした。

ヒットラー　いくらお前が愛想を尽かしても、そこにいるということは否定できない。

レーム　革命精神のない軍隊を軍隊と呼べるものならな。

ヒットラー　それでもサーベルをがちゃつかせている以上、軍隊にはちがいあるまい。

レーム　忘れるな、アドルフ、事《こと》軍事に関する限り、俺がみんなお前に教えてやったのだ。

ヒットラー　まあまあ、怒るな、エルンスト。俺が同志として戦友として、どんなにお前の突撃隊のために尽してきたかを忘れてはいまい。それをぶちこわしてきたのは、いつもお前自身だった。……まあ、まあ、きけ。はじめからのお前ののぞみは、突撃隊を国軍に編入して、国軍の中核にすることだった。それではじめてドイツの軍隊は、国民的革命的な軍隊になるというのがお前の信念だった。そのとおりだね。

レーム　そのとおりだ。しかし因循姑息《こそく》な軍部が……

ヒットラー　いや、お前のほうにも越度《おちど》があった。一昨年《おととし》から去年にかけての、突撃隊のあの遣口《やりくち》はどうだ。全く軍部が鼻白むのも無理はない。地下室や倉庫に隠れ家《が》をつくり、拷問《ごうもん》やら誘拐《ゆうかい》やら身代金やら、或《あ》る地方では隊員が恋仇《こいがたき》を連れて来ては、地下室の柱に縛りつけて、膾《なます》に切り刻んだという話もある。

レーム　あれはほんの一時のことだ。若い者が秘密警察の真似事をやってみただけさ。その後は引締めているからそんなことはない。

ヒットラー　ま、それは一時のこととしよう。しかしね、エルンスト、忌憚《きたん》のないことを言わせてもらえば、お前の突撃隊は巨大なノスタルジヤの軍隊だとは云えないかね。

レーム　それはどういう意味だ。

ヒットラー　三百万の兵隊は立派に政治的な集団だと云えるかね。かれらの生き甲斐《がい》はなつかしい「兵隊ごっこ」にあるとは云えないかね。エルンスト。お前が古きよき軍隊を懐《なつか》しむのはいい。しかし大ぜいの若い者を毒していい気にさせてはいけない。突撃隊が夢みているのは、未来の戦争ではなくて、過去の戦争なのだ。敗れはしたが美しい戦友愛と、兵站《へいたん》基地での馬鹿《ばか》さわぎに明け暮れた、あの古い戦争仲間の思い出の再現なのだ。何かというと古くさい演習、つまらない旗日《はたび》にまで制服の行進、そのあとでは必ずビヤホールの窓ガラスを百枚割り、調子ッ外れの軍歌ととめどもない馬鹿さわぎのあとで、当番兵が酔いつぶれた戦友を拾って歩く。消燈時刻も何のその、夜いつまでも起きてさわいでいるのが突撃隊の掟《おきて》だというじゃないか。あんまり肩で風を切ってあるくので、まじめな市民の鼻つまみになり、向うから突撃隊がやって来ると、どこの家でも娘を隠すというじゃないか。

レーム （苦々しく）一部で全体を推し量ってはいけない。

ヒットラー 一歩譲って、それでもよしとしよう。しかしお前自身が突撃隊のこととなると、好んで世間を窄《せま》くしているじゃないか。俺はどれだけ軍部に対して、又、軍部を笠《かさ》に着るゲーリングに対して、突撃隊を庇《かば》って来たか知れない。お前が内閣に入ってから、この二月に通した例の法律、政治闘争で負傷した突撃隊員にも、大戦の負傷者同様の恩給を与えるという法律でも、あれを通すのに俺がどれだけ頑張《がんば》ったか、お前はそばで見ていて知っているじゃないか。それなのにどうだ。すぐにお前はまずいことをした。政治的に一番わるい時期に、一番まずい手を打った。二月の閣議で、お前は提案した。再軍備の基礎として突撃隊を利用し、あらゆる非正規軍を含めた国軍を監督する専任大臣を置くべきだと。その椅子にはもちろんお前が坐るというわけだ。これで国防相のフォン・ブロンベルク将軍は完全にお前の敵方へ廻り、軍部全体が硬化してしまった。俺はいそいでお前の提案を却下したが、時すでに遅かった。お前は決定的に軍部から白い目で見られる存在になったのだ。

それもお前が自分で好んでしたことだ。軍部はお前をこう思っている。この男はいずれ軍部を乗取って、革命のやり直しを企んでいる男だ、と。

レーム　軍部も盲《めく》らばかりじゃないな。

ヒットラー　冗談ではないぞ、エルンスト。事態はもう来るところまで来たんだ。俺は国防相フォン・ブロンベルクからこんな声明書をつきつけられた。これは軍部の総意と見ていいし、プロシヤ国軍の伝統が、ここへ来て大声で叫んでいると見ていいものだ。

（ト、ポケットから紙を出してレームに示す）

レーム　（読む）「総理大臣アドルフ・ヒットラー閣下には、政府自体の力を以てこの政治的緊張を即座に緩和するか、もしくは大統領に戒厳令発布を奏請して陸軍に権限を委譲するか……」

ヒットラー　その二つに一つを選べと言って来たのだ。

レーム　二つに一つを……

ヒットラー　そうだ。それも即刻……

レーム　これはおどしだ。恐喝《きようかつ》だ。軍にこんな度胸が……

ヒットラー　あるものかと言いたいのだろう。俺もそう信じたい。しかし軍によしんば度胸がなくても、プロシヤ伝来の骨董物《こっとうもの》のプライドがある。ここまでやったらもうあとへは引けまい。

（二人、永い沈黙）

レーム　（突然立上り、ヒットラーの肩を抱く）アドルフ、決心するんだ。今がわれわれにとってもナチスにとっても正念場《しょうねんば》だ。妥協はいかん。そんなことをしたら、われわれが命を賭けた運動は永遠に泥をかぶるんだ。……アドルフ、昔にかえった気持で、白紙から出直そう。俺がついている。俺がついているじゃないか、アドルフ。

ヒットラー　（呆然《ぼうぜん》と）そうだ。お前がついている。……

レーム　（ヒットラーをむりやり立上らせ、室中を引き廻す）もう一度革命をやるんだ。ミュンヘンのあの若々しい力を取り戻すんだ。そうしなければ、血を流した同志たちの霊に相済まんじゃないか。民衆は俺たちのものだ。青年は俺たちのものだ。古くさい、こけおどかしの権威なんか、一日で倒してみせる。それにアドルフ、ドイツにはまだ六百万の失業者がいる。あいつらの不平不満こそ俺たちのものだ。（バルコニーへ引き出し）見ろ。見ろ。広場のあそこのベンチにも、あそこのベンチにも、若い身空でうなだれた男たちがぼんやり掛けている。あれがかつての俺たちの姿だ。戦争から飢餓とインフレの只中《ただなか》へ放り出された俺たちの姿だ。あの若さ、あの貧しさ、あの無気力が、どんなに燃えやすい粗朶《そだ》だったかということは、俺たち自身がよく知っている。あのみすぼらしい粗朶に今又火をつけるんだ。火はたちまち燃え上る。全ドイツに燃え上る。するとそれが神聖なズールトの焔《ほのお》になるのだ。

ヒットラー　（バルコニーのほうを見まいとして引返し）ああ、エルンスト、誘惑するな。俺を誘惑するな。俺の胸にもう一度あの甘く痺《しび》れる酒を注ぎ込むな。

レーム　お前の決心次第だ、アドルフ。

ヒットラー　（やっとのがれて長椅子《ながいす》に坐り、うしろに立っているレームへ顔を向けずに語る）お前は忘れているよ。忘れてはならない大事な教訓を忘れている。陸軍を敵に廻してはいけない。一九二三年にどういうことが起った？　俺はあれほどフォン・ロッソウ将軍を口説いたが、ついに武器の供与を拒まれた。軍も警察も、俺たちの不穏な行動を見たらすぐ発砲すると言い渡した。しかも一方ではわれわれは、突撃隊の二万人に非常呼集をかけてしまっていた。ミュンヘンの大通りで、みすみす赤どもの行進を前にしながら、俺たちは手をこまぬいていなければならなかった。お前が兵営へ押し入ってかっぱらって来た武器も、将軍の武器返還命令の前には歯が立たなかった。俺たちは降伏した。

レーム　………。

ヒットラー　ここのところをよく考えてくれ、エルンスト。俺も今晩じっくりと考えよう。そして明日の朝飯《あさめし》のときに又会って、俺の考えをお前にも話そう。……ああ、控の間で待っているシュトラッサーに、ここへ来るように伝えてくれ。

(レーム去る。ヒットラー黙思。シュトラッサーに、シュトラッサー登場)

シュトラッサー　閣下……。

ヒットラー　やあ、しばらくだったな。ここへ来たまえ。

シュトラッサー　はい。

ヒットラー　来てもらったのは他でもない。旧交も温めたいし、永い隠栖《いんせい》のあいだに君が養った知恵も借りたいと思ってね。

シュトラッサー　私に目新らしい知恵なんかないことは、閣下がよく御存知でしょう。私は鸚鵡《おうむ》のように昔の理想をくりかえしているだけです、今は失われたその理想を。

ヒットラー　今は失われた？

シュトラッサー　そうじゃありませんか。党の綱領はどこへ行ったのです。反資本主義は、プロシヤの破壊は、国会に代るべきファシスト戦線の自治体議会はどこへ行ったのです。何もかも昔のままじゃありませんか。

ヒットラー　それで？

シュトラッサー　ですから昔のままだと申しただけです。あいかわらず泣いているのは労働者の子供たちです。昔とひとつも変りません。
ヒットラー　そこでだ、そいつを改善する知恵はないものかな。
シュトラッサー　知恵は……ありませんな。理想があるだけです、少なくとも私の中には。
ヒットラー　その理想の実現の手段は？
シュトラッサー　私は試験を受けに来たんですかね、この年になって。
ヒットラー　まあ、しかし、君の息がかかった組合は、いまだに君と同じ理想を唱えているよ。経済貿易相のシュミット博士もこれには手を焼いている。党内左派というやつは赤と見分けがつかないとこぼしている。
シュトラッサー　軍部はそう思ってはおらぬようですね。
ヒットラー　おや、そうかい。……軍部と云っても、あの時代おくれのフォン・シュライヒャーあたりだろう。
シュトラッサー　そうとばかりは限りませんな。「軍部は全般的に」と申上げたわけです。
ヒットラー　ばかに軍部に詳しいな。

シュトラッサー　軍は両刃《もろば》の剣《つるぎ》です。ともすると久しくないがしろにされた党の綱領も、軍が実現してくれるかもしれません。
ヒットラー　シュトラッサー君、妙な、奥歯にもののはさまったような言い方はやめたまえ。
シュトラッサー　希望というものが不透明な表現をとるのはやむをえません。
ヒットラー　つまり君は希望を持っているというわけだ。
シュトラッサー　はい。
ヒットラー　君は何か情報を握ってるね。
シュトラッサー　フォン・ブロンベルク国防相の声明書ぐらいのことならね。
ヒットラー　（内心おどろいて）立派な情報網だ。
シュトラッサー　もし戒厳令が布告されたら……
ヒットラー　そんなことには俺がさせない。
シュトラッサー　もしされたらの話です。軍はどこへ政治上の助言を求めに行くと思われますか？　死にかけた大統領のところへですか、それともあなたのところへですか？
ヒットラー　正直に言って、そのどちらでもあるまい。

シュトラッサー　私のところへ来たらどうします。
ヒットラー　そりゃあ君の己惚《うぬぼ》れだ。
シュトラッサー　己惚れでもありましょうが、万一に備えて、手を打っておおきになったらどうです。
ヒットラー　どんな手を。
シュトラッサー　それは御自分でお考え下さい。もし軍部の後楯で大統領になるおつもりなら。
ヒットラー　君はそれを邪魔することもできるというわけだね。
シュトラッサー　そこまで申上げてはいませんが……。
ヒットラー　これはとんだ眼鏡ちがいだ。私は君を純粋な人間だと思っていた。事もあろうに、社会主義者が軍部と組むとは。
シュトラッサー　どう御想像下さっても結構です。しかしたしかなことは、このまま行けば、党は分裂して跡方もなくなるということです。何かの手をお打ちになるほかはありますまい。
ヒットラー　だから、どんな手を。
シュトラッサー　党の綱領の精神に立ち還《かえ》ることです。はっきり労働者の味方に立ち、国家社会主義を推進することです。

ヒットラー　それでは話は堂々めぐりだ。

シュトラッサー　いずれにしろ閣下の御決心次第ですよ。

ヒットラー　いい忠告をありがとう。

シュトラッサー　いや、どういたしまして。

ヒットラー　明日の朝飯に又来て下さい。それまで何かいい方策を練って君にきいてもらうことにしよう。

シュトラッサー　では、又、明朝。

（シュトラッサー去る。ヒットラー一人になる。いらいらと歩き廻る。バルコニーへ行き、背を向けてじっと考え込む。やがて、クルップが入ってくる）

クルップ　もう体は空《あ》きましたか。

ヒットラー　ええ、クルップさん。

クルップ　雨になったようだ。

ヒットラー　大した雨ではない。妙なことだ。私が演説をしたあとではきっと雨になる。

クルップ　君の演説が雲を呼ぶのだろう。

ヒットラー　雨が広場を黒く濡《ぬ》らした途端に、どのベンチからも人影が消えてしまった。何という無趣味ながらんとした広場だろう。人っ子一人いない。ついさっきまでここを群衆が埋めて、どよろく歓声と拍手で熱していたとはとても思えない。演説のあとの広場というものは、発作のあとの狂人の空白のまどろみのようだ。どこまで行っても人間は人間を傷つける。どんな権力の衣にも縫目があってそこから虱《しらみ》が入る。クルップさん、絶対に誰からも傷つけられない、どこにも縫目も綻《ほころ》びもない、白い母衣《ほろ》のような権力はないものですかね。
クルップ　なければ君が誂《あつら》えたらよい。
ヒットラー　あなたがその仕立屋になってくれませんか。
クルップ　それには寸法をとらなくてはね。
（一寸《ちよつと》退って、ステッキを向けて、遠くから寸法をとる仕草をする）
ヒットラー　どうでした？
クルップ　残念ながら、まだちと寸法が足りないようだ。
ヒットラー　もう少し修行が要りますかな。
クルップ　仕立屋というのは慎重なもんだよ、アドルフ。仕払ってもらう宛《あ》てがなければ、おいそれと着物も仕立てられない。仕立ててあげたいのは山々だが、寸が足りなくては芸術的満足が得られない。それに仕立ててあげたものを、快適に着てもらわなくてはつまらない。ゆるやかに、楽々と、まるで着ているかいないか本人にもわからぬような、そんな着方をしてもらわなくては。……私は窮屈なチョッキは上げたくない。狂人に狭窄衣《きようさくい》を着せるのとはちがうんだから。

ヒットラー　もし私が狂人だとしたら……

クルップ　（やさしく肩に手をかけて）私も何度かそういう経験を持っている。自分を狂人だと思わなければとても耐えられぬ、いや、理解すらできない瞬間にぶつかる場合は……

ヒットラー　そういう場合は？

クルップ　自分ではない他人をみんな狂人だと思えばよいのだ。

ヒットラー　私も正にそういう土壇場に来ているようですね。いやしくも一国の首相たる者が。

クルップ　雨の前には必ずリューマチが痛むのだが、今日の雨には何の予感もなかった。

ヒットラー　クルップさん、ひとつ私に狂人用の窮屈なチョッキを誂えてくれませんか、両手を拘束されて人を傷つけることはできないが、又決して人から傷つけられることもないような……
クルップ　（頭を振りながら遠ざかる）まだだね、アドルフ、まだだ、まだ……

――幕――

第二幕

（翌朝。場面は前幕と同じ。中央に、朝食の卓があり、三人分の仕度がしてあり、ヒットラーとレームは只今朝食をおわったところで、皿《さら》は空、卓の上手下手の肱掛《ひじかけ》椅子で二人はコーヒーをのみ、煙草《たばこ》を吹かしている。この卓はのちに引かれるので、脚に車をつけておく。バルコニーのドアは開け放たれ、快晴の朝空が見え、光りがそそいでいる）

ヒットラー　いい朝だな。昔にかえったようだ。……こうしてうるさい供廻りを遠ざけて、水いらずでコーヒーを注《つ》ぎ合い、煙草をすすめ合う朝飯《あさめし》を、せめて月に一ぺんはしたいものだな。

レーム　さぞほかの閣僚が嫉《や》きもちを焼くだろうな。

さて、アドルフ、お前も今日は忙しい。別れる前に申し合せ事項をもう一度確認しよう。

ヒットラー　申し合せではない。命令だよ。エルンスト。

レーム　その命令の内容については、あらかじめ俺の了解がとってある。昔からその流儀でやって来たじゃないか、われわれは。

ヒットラー　まあ、形式はどうでもいい。俺は命令する、三百万の突撃隊員に、来月一杯、つまり七月末日まで休暇をとらせる。休暇のあいだは、隊員が制服を着たり、デモをしたり、演習に加わったりすることを禁止する。お前はそれについて、隊員に向けて声明書を発表する。……つまりこれだけのことだ。

レーム　七月末までに大統領は首尾よく御陀仏《おだぶつ》になってくれるかな。

ヒットラー　命旦夕《めいたんせき》だよ、エルンスト。世界に冠たるドイツ医学の粋《すい》を尽しても、八月まで保《も》たせることは不可能だろう。

レーム　よし、それまでは政治休戦だ。……なるほど、俺もゆうべいろいろ考えてみたが、お前の知恵がこの場合、嵐《あらし》をすり抜ける唯一《ゆいいつ》の道だろう。お前が大統領になるまでの間、俺たちを大人しくさせておくという手は、怒り狂ったプロシヤ将軍たちに対する一時の風除《かぜよ》けにはなるだろう。そこまでは何とか俺だって妥協はできる。

ヒットラー　ありがとう。やっぱりお前は友達だ。

レーム　それに時期もいいな。夏のあいだ、緊張ずくめの生活から解き放たれて、暴れ者たちが故里《ふるさと》でのんびりと英気を養い、来る秋の激しい訓練に備えるのは悪いことじゃない。突撃隊の制服姿も街頭行進も当分見られぬとすれば、軍部は一時しのぎの安心を得、お前の統制力に感服し、民衆は民衆で、夏のあいだの心細さをしみじみ味わって、突撃隊の戦線復帰を待ち構えることになるだろう。

ヒットラー　そのとおりだよ。今は膨れ切ったスフレをしばらくさまし、熱し切った鉄をしばらく冷やすことだ。大統領になってしまえば、お前に全軍を委《まか》せるようにする段取は立て易い。すべてそれまでの辛抱なのだから、俺と一緒に耐えがたい事態にも耐えてほしい。見かけはきらびやかな総理と閣僚だが、言うに言われぬ苦労を頒《わ》け合っている点では、われわれは再びあの一九二三年の臥薪嘗胆《がしんしょうたん》の時代に戻《もど》ったのだ。しかし一人で背負う苦しみの荷ではなくて、本当の友と二人で担《にな》う重荷と思えば、湧《わ》き出る汗にも勇気の輝きが添うて来るのだ。エルンスト、今ほど俺がお前をたよりにしている時はない。今ここを、二人が手を握り合って切り抜ければ……

レーム　わかっているよ、アドルフ。

ヒットラー　ありがとう、レーム。

レーム　それにしても、ただ唐突に長い休暇を与えれば、隊員も動揺することがわかっている。何かそれらしい理由がなければ……

ヒットラー　待て。それについては俺も考えている。ここはひとつ、……お前が病気になって……

レーム　（笑い出す）この俺がか？　この俺が病気になるって？　（ト胸を叩《たた》き、腕を叩く）生れ落ちてから薬や医者には縁のない、永遠の若い鋼《はがね》の体、このレーム大尉の体が病気になるって？

ヒットラー　だから……

レーム　誰《だれ》がそんなことを信ずるものか。俺を傷つけることができるのは弾丸だけさ。というよりは俺の体の鋼鉄が、いつか俺を裏切って、同じ仲間の鉄の小さな固まりを、俺の体内へおびき寄せるとき。そうだ、鉄と鉄とが睦《むつ》み合うために、引寄せ合って接吻《せっぷん》するとき、そのときだけだ、俺が倒れるのは。しかしそのときも、俺が息を引取るのはベッドの上ではない。

ヒットラー　そうだな、勇敢なエルンスト、いくら大臣になっても、お前はベッドの上で死ぬような男ではない。しかし、ともあれ、お前は仮病を使って、声明書と共にその旨《むね》を発表するのだ。一、二ヶ月の療養ののち、再起と共に突撃隊を以前よりも精鋭な軍隊に叩き上げると約束するのだ。

レーム　しかし誰がそれを信じる。

ヒットラー　信じられないからこそ、隊員みんなは信じるだろう。つまり、こいつは、よほど已《や》むを得ない事情だということを。

レーム　なるほど、それもそうだ。そうして俺は……

ヒットラー　ヴィースの湖へでも行ったらどうだ。あの湖畔のホテルででも、せいぜい羽根を延ばしてくるがいいさ。

レーム　（夢みるように）ヴィース。……あそこには快楽が待っている。英雄にだけふさわしい快楽が。（沈思黙考ののち）よし。今日の午後には声明書を発表し、夕刻までにヴィースへ出発しよう。ハンゼルバウアー・ホテルの客はそれまでにみんな追い出してやる。

ヒットラー　それがいいよ、エルンスト。そして声明書の内容は……

レーム　待て。このコーヒーを呑み終ってからにしよう。（ト文案を練りつつ）「休暇の終る八月一日には、それまでの間に十分英気を養った突撃隊が、国民及び祖国の期待しているこの名誉ある仕事に、いやます能力をそなえて即応するであろう……」

ヒットラー　（閉口して）それが書き出しかい？

レーム　そうだ。そして、結語はこういうのだ。「突撃隊は、過去においても現在においても、依然としてドイツの運命である」。どうだね。

ヒットラー　まあ、いいだろう。
レーム　お前が同意してくれなくては何もできないんだよ、俺は。
ヒットラー　俺は同意している。
レーム　わかってくれるね、アドルフ。俺は三百万の軍隊の幕僚長だ。
ヒットラー　わかっているとも、エルンスト。
レーム　それでこそ友達だ。……それはそうと、シュトラッサーもひどいじゃないか。総理大臣の朝飯の招待をすっぽかすなんて。……尤《もつと》もそのほうが万事俺にはよかった。なにしろ総理と久々に水いらずの朝飯を喰ったんだからな。
ヒットラー　シュトラッサーはあれだけの男さ。俺をおどかして甘い汁《しる》が吸えぬとわかると、また自分の洞穴《ほらあな》に戻って、蜘蛛《くも》の糸をせっせと編んで、入り組んだ陰謀の網の目をつくろうのさ。あんな忙しい隠遁《いんとん》生活の邪魔をしては相済むまい。
レーム　あいつがお前の大統領推戴《すいたい》の邪魔立てをするようなら、俺は只《ただ》では置かぬつもりだ。あんな屁理窟《へりくつ》屋を処分するのはわけはない。労働者がさわぎ立てれば、突撃隊が黙らせる。きのうあいつは、まさかそんなことを仄《ほの》めかしたのじゃなかろうな。
ヒットラー　いや、そんなことはない。

レーム　もしそんな気配が見えたら、俺にすぐ言ってくれ。片附けるのはわけもないのだ。

ヒットラー　ありがとう、エルンスト、そのときはそう言うよ。では。（ト立上る）

レーム　さあ、友よ、あとは安心して政務へ戻りたまえ。軍人にも芸術家にもふさわしくない沢山の行政事務がお前を待っている。書類を喰って生きのびた年寄の山羊《やぎ》どもが、首を長くしてお前の餌《えさ》を待っている。お前はサインをのたくって日々をすごす。剣《つるぎ》を揮《ふる》う腕の力は見捨てられたままになっている。権力とは何だ。力とは何だ。それはただサインをする蒼《あお》ざめた指さきの細い細い筋肉の運動にすぎなくなったのだ。

ヒットラー　それ以上は言われなくてもわかっている。

レーム　だから、友よ、だから言うのだ。お前の権力がその指さきの運動にではなく、遠くからお前の一挙一動を憧《あこが》れの眼差《まなざし》で見戍《みまも》って、素破《すわ》というときはためらいもなく命を投げ出す覚悟の若者たちの、逞《たくま》しい腕の筋肉にあることを忘れるな。どんなに行政機構の森深く踏み迷っても、最後に枝葉《えだは》を伐《き》って活路を見出《みいだ》すには、夜明けの色の静脈と共に敏感に隆起する力瘤《ちからこぶ》だけがたよりなのだ。どんな時代になろうと、権力のもっとも深い実質は若者の筋肉だ。それを忘れるな。少なくともそれをお前のためにだけ保存し、お前のためにだけ使おうとしている一人の友のいることを忘れるな。
ヒットラー　（握手の手をさし出し）忘れるものか、エルンスト。
レーム　俺も忘れはしないぞ、アドルフ。
（二人、目を見つめ合う）
ヒットラー　さあ、俺は行かなくては。
レーム　もうシュトラッサーを待つまでもないな。こんな冷え切った朝飯を、あいつのおちょぼ口につっこんでやるのも一興だが……。
ヒットラー　給仕を呼んで下げさせよう。
レーム　いや、俺の腕の力を見せよう。スクリミールがトールの群に加わって、食糧袋を背にかついで従ったあの巨人の力をお目にかけよう。
ヒットラー　おや、お前はジークフリートではなかったのかね。
レーム　さあ、巨人が動き出すぞ。（ト食卓を押す）
ヒットラー　やれやれ、現職の大臣が食事の後片附に手を出すとはね。
レーム　その考えがいかんのだ、アドルフ、それがいかんのだよ。
（ト陽気に食卓を押して下手へ去る。ヒットラー、これを見送って上手へ去らんとすると

き、バルコニーからクルップがあらわれる)

クルップ　アドルフ……。

ヒットラー　おはよう、クルップさん。

クルップ　おはよう。さわやかな美しい日だ。年に似合わぬ曲芸をさせられて、露台で朝日を浴びていたのが、私の膝《ひざ》を喜ばせたのは一石二鳥だ。私の気むずかしい膝が、今朝はこんなにほくほく喜んでいる。(ト、ステッキをつかずに意気揚々と歩いてみせる)

ヒットラー　それは結構ですな、クルップさん。

クルップ　それに窓の隙間《すきま》から室内を、気取《けど》られぬように覗《のぞ》いてみるほど、血を若返らせるものはない。私のような年頃《としごろ》になると、女房《にょうぼう》の浮気をつきとめる気力も失うのだが、それというのも嫉妬《しっと》がそれ自体葡萄酒《ぶどうしゅ》のように私を酔わせて、すっかり怠け者にしてしまうからだ。……君の言う通り、曲芸をやって露台づたいにああして身を隠し、君らの会話をきいていたとき、私はあたかも君たちを、私の若返りに奉仕してくれているお雇いの役者のように感じたものだ。盗み見、盗み聴きが、物事を荘厳にロマンチックに変えてしまうことは愕《おどろ》くばかりだなあ。

ヒットラー　つまりわれわれは嘘《うそ》ッ八の、お芝居の会話を交わしていたと仰言《おっしゃ》るんですね。

クルップ　いや、君も誠実そのものだった。レーム君の誠実は又それに輪をかけていた。君らのまごころの気高《けだか》さは、何ともはや無礼なほどだった。

ヒットラー　それをぜひお目にかけたかったのでね、クルップさん。第三者の目のないところでの政治的誠実を、ぜひ疑ぐり深いあなたの御覧に入れたかった。レームは妥協しないつもりで妥協した。あの措置で軍部が納得してくれることを、……少なくとも私は、信じはしませんが、決して信じはしませんが……、希望します。

クルップ　私も少なくとも希望しよう。老い先短い私には、無責任な希望が持てる。しかし、それにしてはアドルフ、レーム君がテーブルを引張って意気揚々と退場した瞬間から、君が十年も一どきに年をとったように、言うに言われぬ暗鬱《あんうつ》な表情を泛《うか》べたのは何故《なぜ》なんだね。

ヒットラー　（ギョッとして）あなたはずいぶん己惚《うぬぼ》れた人相見だ。

クルップ　私は君らの会話にではない、そのあとの君一人のその暗鬱な表情に希望をかけたのだ。こう言えばわかってもらえるかね。

ヒットラー　クルップさん……。

クルップ　こんなわけだ、アドルフ。嵐《あらし》が来る。それは否応《いやおう》なしに来る。山々は霧に包まれ、ひろい牧場《まきば》は暗みわたる。羊どもはメエメエと不安に啼《な》きだし、牧羊犬は躍起になって羊どもを小屋へ向って駆り立てる。……そのとき君は、いいかね、自分自身こそ巨大な嵐であると感じることはできず、君自身を途方にくれた牧羊犬のように感じていた。そしてレームとの妥協を策したのだ。つまり羊との。

ヒットラー　レームが羊ですって？　あいつがきいたらどんなに怒るか。

クルップ　羊でなくても、レーム君が抱いているのは群《むれ》の思想さ。そうではないかね。しかしレーム君と別れたあとの、君の暗い額にひらめいたのは、羊でもなければ牧羊犬でもない、それこそ嵐そのもの、そう言っては持ち上げすぎなら、暗くはためく嵐の予兆そのものだったのだ。峯々《みねみね》を稲妻の紫に染め、世界を震撼《しんかん》させ、人々の活《い》きた魂を電流をとおして一瞬のうちに、黒い一握《いちあく》の灰に変えてしまう、あの嵐の兆《きざし》そのものだった。君はおそらく自分ではそう感じはしなかったろう。

ヒットラー　あのとき、私は怖《おそ》れていた。迷っていた。悲しんでいた。それだけです。

クルップ　人間の感情を持っていることを、いくら総理大臣だって恥じるには及ばない。ただ、人間の感情の振幅を無限に拡大すれば、それは自然の感情になり、ついには摂理になる。これは歴史を見ても、ごくごくわずかな数の人間だけにできたことだ。

ヒットラー　人間の歴史ではね。

クルップ　神々のことは知らん。しかし鉄は……、鉄はね、アドルフ、これは製鉄所で毎日毎夜行われていることだ。華氏三千度の焔《ほのお》の嵐をぐぐって、鉄鉱石は銑鉄《せんてつ》に身を変える。彼は何か別のものになったんだよ。

ヒットラー　お言葉をよく考えてみましょう、クルップさん。

（二人、上手へ去る。ややあって、下手から、逃げるようにレーム登場。シュトラッサーこれを追うごとく登場）

レーム　何故俺をそうつけ廻すんです。あんたと口を利《き》きたくないくらいのことは、俺の顔を見ればわかるでしょう。

シュトラッサー　そんなことはわかっています。われわればかりじゃない。世間がみんなそう言っている。レームは右だ。シュトラッサーは左だ。あの二人は犬猿《けんえん》の仲だ。人前で出会《でく》わすことがあっても、露骨に顔をそむけ合う。あの二人は一言《ひとこと》でも言葉を交わせば、お互いの身に呪《のろ》いがかかるとでも言いたげだ。……そんなことはよくわかっている。あなたに言われるまでもない。だからこそ、だからこそ、今、われわれは話し合わねばならないのです。

レーム　あんたは総理の朝食会に遅れてきた。もうすでに総理は執務中だ。詫《わ》びに行ったらどうですか。

シュトラッサー　問題はもうそんな宮廷儀礼を乗り超えてしまっているのだよ、レーム君。

レーム　それなら勝手にしたらいいでしょう。

シュトラッサー　勝手にさせてもらいましょう。（ト下手の肱掛椅子にかけ、レームに）あなたも掛けませんか。

レーム　俺も勝手にさせてもらいます。（ト以下立ったまま、いらいら歩き廻って話す）

シュトラッサー　（笑う）まるで子供の喧嘩《けんか》ですね。……八つ当りはおやめなさい。あなたは総理に不服なんでしょう。今の総理にすっかり落胆しておられるのでしょう。

レーム　あんたが俺の感情を忖度《そんたく》するいわれはないでしょう。アドルフと俺は古い友達だ。あんたは古い党員とは云っても、たかだかアドルフの知り合いにすぎない。

シュトラッサー　しかしあなたが今のヒットラーに幻滅していることはまちがいない。

レーム　何の根拠でそんなことを……

シュトラッサー　実は私も幻滅していたからですよ。私も大いに不服だった。総理としてのヒットラー、古ぼけて鱗《うろこ》も剝《は》がれた龍どもにがんじがらめにされているヒットラー、……これには私も大いに落胆した。

が、今はね、多少心境の変化が起ってきた。昨日会ってからは殊《こと》に見方が変ってきた。今は落胆もしていなければ、幻滅もしていない。ヒットラーはなかなかよくやっていますよ。

シュトラッサー （些《いささ》か興味を催おして）それが今日の朝飯《あさめし》をすっぽかした理由ですか。

レーム その理由は別ですよ。折角御馳走《ごちそう》になる朝飯に、毒でも入れられちゃかなわんと思ってね。

シュトラッサー つまらん冗談を……。（思わず話に身を入れて）あんたのその、アドルフがなかなかよくやっているという見地は、人間の見地からなのか、それとも時代の……

レーム 両方でしょうな。ヒットラーは少なくとも今まで経験しなかった新らしい時代に臨んでいる。そこでは当然今までなかった新らしい態度があるべきだ。われわれがヒットラーにそれを要求しようがしまいが、ヒットラー自身の問題として、そうせざるをえない状況は日ましに迫っている。私は敢《あえ》てヒットラーが巧く身を処しているとは言わんが、誰よりも彼が明確に事態を認識しているのはたしかなことです。よくやっている、と言ったのはその意味ですよ。

シュトラッサー あんたはまるでその「新らしい時代」とやらを礼讃《らいさん》しているみたいですな。こんな八方ふさがりの陰気な時代を、ともあれかくまれ革命家のあんたが……

シュトラッサー　革命はもう終ったのです。

レーム　それはわかっている、シュトラッサー君、だからこそ今度はわれわれが……

シュトラッサー　あなたの言うのは未来の話でしょう。今日あなたが新らしい革命をやろうという話じゃない。少なくとも政治休戦を承諾したあなたが……

レーム　どうしてそれを……

シュトラッサー　そんなことはわかっています。別に立ち聴きをしたわけじゃないが、政治で鍛えた私の耳が遠くからそれを聴くのです。問題は今だ。今……革命はもう終っていることを、あなただって同意しないわけには行きますまい。

レーム　(しぶしぶと)それはそうだ。

シュトラッサー　革命は終ったのです。君は大臣になり、ヒットラーは首相になり、私はといえば、私は隠棲《いんせい》した。それぞれ所を得たとも云えましょうな。こうなる兆候は前からあった。革命が終る日のことを誰一人夢みた者がなかったのはふしぎなことだ。(露台で鳩啼《はとな》く)おや、鳩が啼いている。さっき廊下に置いてあった朝飯のテーブルから、メルバ・トーストを少しくすねて来たんだ。鳩にやろうと思ってね。(トポケットを探す)たしかにここへ入れたんだが。……ははあ、粉々になっている。(ト露台へ立ってゆき、

パン粉を撒《ま》いてやる。レーム入れかわりに、上手の肱掛椅子に来て坐る）

鳩がパン屑《くず》をよろこんで喰べている。美しい日光。革命の朝というものはこんなものじゃない。どこにも血の匂《にお》いのしないこんな朝が来るとは思わなかった。

（シュトラッサー、露台の欄干に背をもたせて語る。ときどき鳩にパン屑を投げてやりながら）

こんなことはあるべきではなかった。しかし或る日、徐々にそれがはじまったのです。革命の鳩は銃弾の飛び交う間を、重大な指令を足につけて飛び去り飛び来《きた》った。鳩の太った白い胸は、いつ血に濡《ぬ》れるともしれなかった。今はどうです。こうやって鳩どもは、ぶつくさ鹿爪《しかつめ》らしい叱言《こごと》を言いながら、パン屑をあさっているのです。

陸橋の上をおおう汽車の煙も、もはや哨煙の匂《にお》いの代りに、裏庭の焚火《たきび》の匂いを立てる。窓から色鮮やかな絨毯《じゅうたん》が叩《はた》かれている下をとおっても、煙草《たばこ》の灰や靴《くつ》の埃《ほこり》が落ちてくるだけで、乾いた血の粉が降ってくることはない。時計が鳴る。時計はもはや一定のギリギリの時刻を指《さ》さなくなり、ただ流れる時を示すばかり、金時計も銀時計も、大理石の置時計も、かつて固形であった時計がみんな液体になってしまった。町角を曲る女の腕の、買物籠《かご》のなかの葡萄酒は、革命の負傷者の気附《きつけ》のためであったときには、宝玉の光りを放っていた。それが今では煉瓦《れんが》いろになってしまった。

銃弾がめり込んだ植木鉢《ばち》は、青い花を咲かせたが、銃弾の肥料を失ったのちは、つまらない三色菫《すみれ》ばかり咲かせている。歌にしたってそうだ。歌はもうあの鋭い清らかな悲鳴と共通な特質を失ってしまったのです。死者の目に映る遠い青空は、変革の幻であったのに、今、青空は洗濯《せんたく》の盥《たらい》の水にちりぢりに砕けてしまった。あらゆる煙草は、耐えがたい訣別《けつべつ》の甘いしみとおるような味をなくしてしまった。自然にも、人間にも、事物にも、しみとおる力、浸透する力がなくなって、水や空気のようにわれわれの肌《はだ》の上を辷《すべ》るだけになったのです。そしてわれわれの繊細な鋭いレエスのような神経組織は、いつのまにか、弛《ゆる》んだ、ほつれた、目の粗いものになった。

そのとき別の匂いが押しよせてくる。どこかで遠い昔に嗅ぎ馴《な》れた腐敗の匂い、落葉のなかで、猟犬が置き忘れた獲物《えもの》の鳥が腐ってゆくときの、森の縞目《しまめ》の日光をかすかに濁らすような独特の匂い。いたるところで、その腐敗の匂いが、人々の指先の感覚を、癩病《らいびょう》やみのように鈍麻させてゆく。かつて闇《やみ》のなかで道しるべの火のように敏感に方角を知らせた指は、今では小切手に署名をするのと、女の体をこじあけるのにしか使われなくなった。脱落、脱落、目には見えない透明な日々の脱落、この感覚を、レーム君、君だってつぶさに味わって来た筈《はず》だ。弦楽器は二度と本当のトレモロをひびかせることがなくなり、旗は二度と豹《ひょう》のように身をくねらせることがなくなり、珈琲沸《コーヒー》しは二度とあの沸騰《ふっとう》の気高《けだか》い怒りを見せなくなり、銃眼であることをやめた壁穴は白内障《そこひ》になり、血に濡れない政治ビラは大売出しの広告になり、靴下《くつした》は二度と靴の中で逃亡の獣《けだもの》の湿った匂いを立てなくなり、星はもはや磁石ではなくなり、詩は合言葉ではなくなる日が来たからには、……レーム君、革命はもう終ったのです。革命は、白い残酷な、しかし純潔な歯の時代、微笑のときにも怒りのときにも、若者が等しく見せる白い歯並びの時代だった。白いかがやく歯の時代。その次には、しかし、歯齦《はぐき》の時代が来た。赤い歯齦《はぐき》が、やがて紫になり、腐ってくる。……

レーム　もうやめてくれ。それ以上きいていると、耳が腐り、心が腐ってくる。シュトラッサー君。君は俺にどうしろというのだ。

シュトラッサー　もう一度革命をやらなければならぬ、と君が考えていることを私は知っている。ところで、私も、もう一度革命をやらなければならぬ、と考えている。二人で話し合う話題には、事欠かぬ筈じゃないか。

レーム　しかし、方法がちがう。目的もちがう。

シュトラッサー　鏡をのぞいてみるように、君の右は私の左だ。しかし私の右は君の左だ。だから却《かえ》って鏡を打ち破《やぶ》れば、われわれはぴったり合うかもしれないのだ。

レーム　それが俺と話したいという話か。面白《おもしろ》い。そこへお掛けなさい。

シュトラッサー　やっとお許しが出ましたかな。（ト下手の椅子に掛ける）

レーム　一言だけお断わりしておく。俺は過去も現在も未来も、共産党まがいのあんたの遺口、組合労働者を煽《おだ》て上げて、ドイツへの忠誠とソヴィエトへの忠誠との見分けをつかなくさせるような遺口には、絶対に賛成をしたことがなく、現に賛成しておらず、未来も決して賛成しないであろうということだけを。その上でのことなら、話を伺いましょう。

シュ[illegible]　まあ、そう固[illegible]てもうな。大臣ともある人が、青年団のような口をき[illegible]よ。「その上でのこと[illegible]」と君は言った。私の言いたいのは、「その他《ほか》のこと」だ[illegible]まるで次元のちがった問[illegible]だ。

レーム　というと？

シュトラッサー　君は老クルップをどう思う。あのライネケ狐《きつね》のような鉄屋のことをどう思う。影が形に添うようにヒット[illegible]についているが……

レーム　私も正直あのじじいは好きじゃない。
シュトラッサー　好悪は別として、クルップはヒットラーを信じているだろうか。
レーム　さあな。
シュトラッサー　私にはとてもそうは思えない。あの老人はエッセンの重工業地帯から、ヒットラー政権とエッセンとの結婚の瀬踏みに来ているのだ。新らしい婿がねが終生の伴侶《はんりょ》にふさわしいかどうかを調べに来たのだ。まだ結論は出ていないと私は見る。それというのも、エッセンという鉄の娘は大へんな器量よしだが、以前の結婚には破れているからだ。つまりこの間の欧州大戦にね。二度目の縁組には仲人《なこうど》も、慎重な上にも慎重たらざるをえまい。
レーム　しかしクルップは去年のヒットラーの政権獲得後の最初の選挙で、シャハトの言うとおり、三百万マルクの選挙資金をみんなと一緒に出したじゃないか。
シュトラッサー　それが瀬踏みのはじまりさ。しかしいまだに瀬踏みをつづけている。このところの政治危機で、エッセンの重工業者は警戒信号を出している。クルップがどちらへつくとはまだ決らない。特にここ二、三日はね。
レーム　特にここ二、三日……
シュトラッサー　そうだ。国民社会主義党は君のおかげで空中分解しそうな有様だった。

レーム　そう言う君も足を引張った。しかしもう危機は通り抜けたよ。アドルフが大統領になれば、そうすれば本当のさわやかな旭《あさひ》が射すのだ。

シュトラッサー　君は本当にそう思うのか。

レーム　俺はアドルフを信じている。あいつが大統領になるときは、俺の可愛《かわい》い突撃隊の久しい夢も叶《かな》えられる。

シュトラッサー　君は本当にそう思うのか。

レーム　（些か動揺して）当り前だ。

シュトラッサー　そのために君は何を仕払った？

レーム　譲歩だ。妥協だ。アドルフの命令をきいてやることだよ。われわれ突撃隊は七月末まで休暇をとり、その間制服を着ない、デモも演習もしない、そしてこのピンピンした俺が病気になる。……これだけの芝居なら、俺にだって打てないわけじゃない。

シュトラッサー　たったそれだけのことですべてが片附くと思っているのか。

レーム　少なくとも時凌《しの》ぎにはなるだろう。アドルフが大統領になるまでの。

シュトラッサー　そんな猿芝居《さるしばい》で軍部がだまされると思うのか。もしヒットラーがそう信じているならヒットラーは大莫迦《ばか》だ。もし君がそう信じているなら、君は正真正銘のきちがいだ。

レーム 何を。もう一度言ってみろ。

シュトラッサー ヒットラーが莫迦か君がきちがいかどちらかだと言っているのだ。ヒットラーが莫迦で且《か》つ君がきちがいだとは言っていない。私の言わんとするところはわかるだろう。

レーム 卑《いや》しい奴《やつ》だ。俺とアドルフの仲に水をさそうというんだな。

（二人しばらく沈黙）

シュトラッサー ヒットラーの話はやめよう。君の突撃隊の話をしよう。君はとにかく手塩にかけて育てた突撃隊を国軍の中核に据《す》えたくて仕方がない。そうだね。

レーム あんたに訊《き》かれるまでもない。

シュトラッサー 或る方法でそれが可能になるとしたらどうする。

レーム （思わず目を輝やかせて）それが！……いや、アドルフが大統領になればたちどころに……

シュトラッサー それはただの口約束さ。

レーム アドルフの中傷はゆるさんぞ。

シュトラッサー　一歩しりぞいて、ヒットラーが大統領に確実になれるかどうか。
レーム　なれるさ。
シュトラッサー　私は「確実に」と言っている。
レーム　確実に？
シュトラッサー　そうさ。軍部はなかなか強硬だ。君が突撃隊を解散させない限り、ヒットラーは確実に大統領にはなれないだろう。ヒットラーの望みを妨げているのは、他《ほか》ならぬ君だ、レーム君。しかも一方で自分の夢を、大統領になったヒットラーに賭《か》けているのは、駄々《だだ》っ子《こ》のやり方ではないだろうか。
レーム　（怒りを抑えて）あんたの言う「或る方法」とは何だ。
シュトラッサー　フォン・シュライヒャー将軍だよ。
レーム　あの老いぼれ軍人か。
シュトラッサー　あの人だけが君と私を握手させる鍵《かぎ》を握っている。それというのもあの人だけが、ヒットラーに最後通牒《つうちよう》をつきつけたフォン・ブロンベルク国防相を説得することができるからだ。
レーム　それはつまり……
シュトラッサー　そうだ。「ヒットラー抜き」でだ。忘れてはいけないよ。ヒットラーが軍部から戒厳令発布を迫られたあの最後通牒は、ヒットラーに宛《あ》てられたもので、君に宛てられたものではない。
レーム　ヒットラー抜きで！　ふん。その一言であんたの肚《はら》が見透かされるよ。軍と結託してまず俺をアドルフから切り離し、そのあとで軍の力を借りて二人を別々に料理する。そうは行くものか。俺たちは一心同体だ。
シュトラッサー　その一心同体を切り離さなくては何も動かぬことを、誰よりも知っているのはヒットラーではないのかね。何故《なぜ》その一心同体が夏のあいだ、涙ながらに別れて暮すことになったのだね。
レーム　一時凌《しの》ぎの政治的ジェスチュアだと何度言ったらわかるのだ。
シュトラッサー　よかろう。君を説得するのは諦《あきら》めよう。太陽を見た人の瞳《ひとみ》が何を見ても黄いろい残像を結ぶように、君はヒットラーの残像なしにはこの世界を見ることのできない男だ。
では……そうだ。私はこれから独り言を言う。どうか冷静にきいてもらいたい。その中に耳を傾けるべきことがなければ別だが、少しでもあれば心にとどめてもらいたい。
レーム君、これは簡単なことだ。君と私の共同の革命プランだ。今、即刻、君と私がしっかり手を握って、君の突撃隊の武力で、ヒットラーを国民社会主義党から追い出して、君自身が党首になるのだ。シュライヒャーはフォン・ブロンベルクを説き、ヒットラーを離れた君と和解させる。プロシヤ国軍が怖《おそ》れているのは、実は君とヒットラーとの結びつきなのだ。そして私は社会主義政策を、君の武力を後楯《うしろだて》にして着々実行し、フォン・パーペンを暫定《ざんてい》的に大統領に立て、私は首相に、君は国軍の総司令官に任命される。金は心配がない。今ここで君と俺が手を握れば、その瞬間から金はもう心配がない。

レーム　何故？

シュトラッサー　クルップがこちらへ寝返るからだ。

（二人沈黙）

レーム　……よし、わかった。そっちの言わんとすることはよくわかった。同時にあんたもよくわかったろう。この俺がアドルフを裏切るような計画に、ほんの一瞬でも心を動かしはしなかったと。

シュトラッサー　冷静にきいてもらってありがたい。レーム君。しかし話はまだ終らない。今言ったような計画に、君がやすやすと乗ってくれるとは、いかな私でも思いはしない。だがね、レーム君。今ここで君と私が手を握ってヒットラーを追い出さなければ、そして二人が力を合せて電光石火の革命を成就《じょうじゅ》しなければ、……もしそうしなければ、……もし今の機会を逸したならば……、何が起ると思うかね。まあ、待て。ゆっくり考えて返事をしてほしいのだ。
レーム　何も起りはしないよ、シュトラッサー君。世界はこのままだ。俺とアドルフは刎頸《ふんけい》の友、そしてあんたは卑劣な詐欺師《さぎ》、クルップは死の商人、……それぞれの役割にはまったまま、地球の運行に身を委《ゆだ》ねて生きて行くだろう。
シュトラッサー　本当にそうかね。さあ、もっとしっかり考えてもらいたい。何が起るかを。
レーム　何も起りはしないさ。
シュトラッサー　たしかに？
レーム　そうだ。……それならあんたは何が起ると思うのだ。
シュトラッサー　……死だ。
レーム　誰の？
シュトラッサー　われわれ二人のだ。
（二人沈黙）
レーム　（突然笑い出す）何という空想家だろうな、あんたは。死だって？　われわれ二人の死だって？　星占いにでもいかれているのじゃないのかい。大体さっきから話をきいていると、熱に浮かされた譫言《たわごと》としか思えない。あんたの革命プランは拙劣《せつれつ》なプランだ。俺が軍部を甘く見ていると嘲《あざけ》りながら、そっちがもっと甘く見ている。

シュトラッサー　拙劣なプランだということはよく承知している。しかしこの場合は、どんな拙《つたな》いプランでも無為よりはましだ。私はともかく息せき切って、追手をのがれて、君の疾駆させている馬に跳び乗ろうというのだ。君がその馬を止《と》めたら、私も君も共倒れだ。それなのに君はみすみす馬を止めようとしているのだ。私はもう見ていられない。危険を察知しない君の愚かさを咎《とが》め、私の命も助かりたいからだ。ここはもう、何もかも忘れて、二人で一つ鞍《くら》にまたがって、馬に鞭《むち》を当てるほかはないのだ。しゃにむに地平の山を越えて行けば、そこには革命ののしののめが訪れるだろう。……わかってくれ、レーム君。今、私は、君の三百万の突撃隊、君の革命的軍隊にすべてを賭けようとしているのだ。

レーム　賭けて、そして裏切りのために利用する、というわけだ。

シュトラッサー　ああ、そんなことじゃない。君の革命的軍隊の馬に乗ることが、君にとっても私にとっても唯一《ゆいいつ》の活路だからだ。ヒットラーは明らかに、君の突撃隊にはもう何も賭けていないよ。

シュトラッサー　ヒットラーは追手のほうに賭けている。それが見えないのか、レーム君。

レーム　（不安げに）それは……

シュトラッサー　だからどうしたというんだ。裏切り者と手を握れというのか。

レーム　一歩譲って、私を裏切り者と認めてもいい。しかし事は急を要する。今われわれが結束して、ヒットラーに当らなければ……

シュトラッサー　何が起るんだ、死か？

レーム　そう、……死だよ。

（レーム高笑いをする。シュトラッサー黙る。その沈黙に押されて、やがてレームの笑いはハタと止《や》む）

シュトラッサー　一体どんな死が……。雷にでも撃たれるのか。それとも海底に身をひそめていたミッドガルドの大蛇《だいじゃ》が姿をあらわし、その不吉な頭を槌《つち》で砕くには砕いたが、その吐く毒に巻かれて死ぬのか。神々の黄昏《たそがれ》に生き残った最後の神、あの勇ましいティールのように、冥府《めいふ》の犬のガールムに咬《か》まれて果てるのか。

レーム　そんな死なら結構なことだ。しかしレーム君、たとえ君を英雄だと仮定しても、英雄的な死に見舞われるとは限らんよ。

レーム　（快活に）では、病気か。

シュトラッサー　君はすでに病気になったのだろう、さっきも言っていたように。信頼という病気にかかったのだ。

レーム　殺されるのか、処刑されるのか。

シュトラッサー　おそらくその両方だろう。君は拷問《ごうもん》に耐える自信があるか？

レーム　（からかって）誰《だれ》があんたをそんなひどい目に会わそうというんだね、心配性の弱虫君。言ってごらん。そいつの名を言うのが怖いのかね。言っただけで呪《のろ》いがかかるとでもいうのかね。

シュトラッサー　アドルフ・ヒットラー。

（二人沈黙）

レーム　一つきくが、お前はあくまでアドルフの大統領推戴《すいたい》の邪魔立てをするつもりなんだな。

シュトラッサー　できたらね。それができたらドイツは救われる。きのうも私は、面《おもて》を冒《おか》してヒットラーにそう言ったのだ。

レーム　そうか、やっぱり。それが本当なら、俺もアドルフと約束したとおり、お前の命をもらわねばならない。
シュトラッサー　いつでも差上げよう。しかしそれには二つ条件がある。君が私を殺すには、第一、そのとき私が生きていなければならない。第二に、君が生きていなければならない。
レーム　その前にアドルフに殺《や》られるというわけか。
シュトラッサー　簡単な数学だ。君と手を組めば、二人とも命は助かり、しかも革命をやってのけられる。手を組まなければ、私は遅かれ早かれ、ヒットラーに殺《や》られるか、君に殺《や》られるか、どちらにしろ同じことだ。できることなら君に殺してもらいたい。それというのも、今日こうして話しているうちに、私は少しずつ君が好きになって来たからだ。
レーム　どっちに転んでも殺されるとは、よくせき不運な男だな。しかし、何故あんたと手を組めば、アドルフはわれわれを殺せないんだ。アドルフだって親衛隊を持っている。
シュトラッサー　君と私とが手を組むということは、つまり突撃隊の武装解除をしないということだからな。親衛隊なんか突撃隊の前には蟷螂《とうろう》の斧《おの》だろう。
レーム　軍部は？

シュトラッサー　軍部は決して暗殺には手を染めない。白い手袋が汚れるのはいやだからだ。……それにな、レーム君、われわれが手を組めば、ヒットラーが殺せなくなる最大の理由が生ずる。

レーム　それは何だ。

シュトラッサー　クルップだよ。クルップがこちらへつくからだ。ヒットラーは一旦《いったん》失脚しても決して決して、エッセンの重工業を敵に廻すようなことはしないだろう。

レーム　ふうん。そうなるかな。いずれにしろ、俺には何の関《かか》わりもないことだ。

シュトラッサー　関わりがない？

レーム　そうだろうが。アドルフが俺を殺すなどということはありえないからだ。

シュトラッサー　（呆《あき》れて）レーム君、君は……

レーム　よくきいてくれ、神経衰弱のシュトラッサー君。あんたの頭は乱れており、理窟《りくつ》にも合わぬことを喋《しゃべ》り散らしている。すべては恐怖から来たことだ。その恐怖に理由がないとは今は言うまい。あるいは大いにあるかもしれない。が、あんたの病気を人には伝染《うつ》すな。殺されるのはあんたの勝手だが、俺に一体何の関わりがある。もし殺し手がアドルフだとすれば、いいか、あんたは殺されても俺は殺されることはない。これだけははっきり言っておく。

シュトラッサー　何故。
レーム　アドルフは俺の友だちだからだ。
シュトラッサー　莫迦《ばか》な……。
レーム　いいか、あんたが殺されることは、なるほどありうるかもしれない。現《げん》に妨害が目にあまれば、アドルフにたのまれないでも俺がやる。……しかしだなあ、二人とも殺《や》られるというのは、妄想《もうそう》でなければ脅《おど》かしだよ。このレーム大尉がそんな子供だましの脅《おど》しの手に乗ると思うのかね、千軍万馬のこの俺が。又もし妄想だとすれば、あんたの頭はすでに狂っている。地球は平べったい一枚の紙だと主張したり、ラジオの電波で殺されると交番へ駈《か》け込んだり、月に人が住んでいるとさわいだりする、ああいう連中と少しも変りがない。今すぐ病院へ行ったほうがいい。あんたは現実を、いや、現実を成立たせている条件を、偏見なしに眺《なが》め判断する資格を失ったのだ。
シュトラッサー　その条件とは何だ。
レーム　人間の信頼だよ。
シュトラッサー　えッ？　何だって？
レーム　人間の信頼だよ。友愛、同志愛、戦友愛、それらもろもろの気高《けだか》い男らしい神々の特質だ。これなしには現実も崩壊する。従って政治も崩壊する。アドルフと俺とは、現実を成立たせるこの根本のところでつながっているんだ。おそらくあんたの卑《いや》しい頭ではわかるまい。

われわれの住むこの緑なす大地の底へ下りてゆけば、地熱は高まり、地球の核をなす熱い岩漿《マグマ》が煮え立っている。しかしこの緑なす大地の地表はなるほど固い。森があり、谷があり、岩石に覆《おお》われている。しかしこの岩漿《マグマ》こそ、あらゆる力と精神の源泉であり、この灼《しゃく》熱《ねつ》した不定形なものこそ、あらゆる形をして形たらしめる、形の内部の焔《ほのお》なのだ。雪花石膏《アラバスター》のように白い美しい人間の肉体も、内側にその焔を分《わか》ち持ち、焔を透かして見せることによってはじめて美しい。シュトラッサー君、この岩漿《マグマ》こそ、世界を動かし、戦士たちに勇気を与え、死を賭《と》した行動へ促し、栄光へのあこがれで若者の心を充《み》たし、すべて雄々しく戦う者の血をたぎらせる力の根源なのだ。アドルフと俺とは、地上のものの形で結ばれているのではない。形としての人間は、別れもすれば裏切りもする別々の個体だ。われわれはあの地の底の不定形のもの、すべてが融《と》け合う岩漿《マグマ》に於《おい》て結ばれているのだ。

あんたはアドルフスト鼠《ねずみ》の話は知ってるかね。

シュトラッサー　おやおや今度は鼠か。ここへ来て鼠の話をきかされるのか。

レーム　ききたくないなら、やめておこう。アドルスト鼠は一匹の鼠だ。それは決して二匹の鼠ではなかった。

シュトラッサー　レーム君。君の話はたしかに美しい。いくら嫌《きら》われても、私はますます君が好きになりそうだ。しかしそれは少年の考えだよ。森の中で口笛で合図を交わしながら、捕虜になったり戦死したりする、あの戦争ごっこの好きな少年たちの考えだよ。いやしくも政治に携わる君が、そんな考えで身を律したらえらいことになる。

レーム　俺は軍人だ。政治家ではない。

シュトラッサー　あやふやな相手に向っても、忠誠を尽すのか。

レーム　何があやふやなものか。人間だから、時には動揺もしよう。心変りもしよう。しかし余人はいざ知らず、アドルフは俺の友達なのだ。

シュトラッサー　はっきり言おう。アドルフは友達。それはよろしい。そして君はといえば、君は盲《めく》らだ。

レーム　何だと。

シュトラッサー　きのうのヒットラーの目つきを見たら、何も知らない第三者でも、ヒットラーの殺意をすぐに察したろう。

レーム　それはお前が妄想の色眼鏡で見たからだ。なるほどアドルフはきのう俺に無理難題を持ちかけもした。だが、久々になつかしい思い出に打ち興じもした。今朝もそうだよ。今朝ほどたのしい朝飯を喰ったことはない。あれは簡素で男らしい、ドイツの戦友同士の味わう本当の朝飯の味だった。……アドルフの目だって？　そう云えば多少血走ってはいたが、あれは政務が忙しくて寝不足だからだ。

シュトラッサー　君は盲らだ。……私の目は人の殺意をすぐに見破る。永い政治生活でそういう術《すべ》を私は覚えた。……きのうのヒットラーは今までにない暗い目をしていた。あの目を見なかったのか、レーム君。バルチック海の冬のような、あの笹《ささ》くれ立った青黒い波の色。すべての人間の感情に否《ナイン》と言っている目の色だ。ああいう目が人を殺すのだ。……私は必ずしもヒットラーを並外れた悪人とは思わない。ただ彼は、必然の機械にがっちりからめ取られたのだ。ヒットラーが望むとおり、いや、たとえかりに望まなくても、ヒットラーは大統領にならなくてはならぬ。機械のスイッチはすでにそこへ廻された。機械は動きだし、軍部は彼を締めつけはじめた。歯車が廻る。もっともっと締めつける。もうこれ以上締めつけられたら、ヒットラー自身の息の根が止められる。もし私がヒットラーなら、そうだ、私はごらんのとおり虫も殺せぬ人間だが、やはりヒットラーが考えているように、レームとシュトラッサーを、二人ながら殺すほかには道があるまい。

レーム　お前は自分の臆病《おくびょう》な心が描いた恐怖劇の筋書を喋っているだけだ。要約しよう。二人ともこのままでは殺される。ヒットラーを追い出して、二人が手を握って革命を遂行すれば、命が助かるどころか、天下を取れる。そうだろう？　そして結論を言おう。俺はたとえ殺されても、ヒットラーを裏切るような行動には加担できない。それが結論だ。……もうこれ以上話すことはなさそうだな。

シュトラッサー　（――間《ま》。）では、レーム君、君の気持はよくわかった。……が、もう少しきいてくれ。今度は私が妥協しよう。忍びがたいことだが、最悪の事態を避けるためには致し方がない。……どうだ。「ヒットラー抜き」というのはやめにしよう。ヒットラーを引き入れるのだ。

レーム　（笑い出す）お前を殺そうとしている殺し屋を仲間に引き入れる？　頭が乱れるとそこまで行くものかな。

シュトラッサー　まあききたまえ。われわれが手を握って、左右両翼からヒットラーを応援し、私が軍に手を廻して、軍の勢力を分断し、その隙《すき》に君の突撃隊が革命を遂行し、ヒットラーを大統領に推戴する。しかしヒットラーの権力は、あくまで君と私とで分け持って、彼を崇高だが力のない国家最高の象徴に仕立てあげるのだ。

レーム　つまりロボットにだね。

シュトラッサー　そうだ。今、われわれが力を合せればそれができる。私は政治、君は軍隊、そしてヒットラーは名誉を受け持つのだよ。これならできないことはない。君の友情も忠誠も、そのままの美しい形で歴史に残るだろう。……そのためにはレーム君、いいかね、これは結局ヒットラーのためになることなのだから、一時の叛《はん》乱《らん》の汚名は甘受して、今日早速突撃隊を率いて立つのだ。武装解除だけは決してするな。

レーム　今度は叛乱のすすめか、シュトラッサー君。行商人の鞄《かばん》からは、ずいぶん次々と、思いがけないいいかさま物が飛び出すんだね。（冷ややかに）はっきり言って置く。今まで俺は、ただの一度もアドルフの命令に背いたことはない。今後も決してアドルフの命令に背くことはないだろう。理由を言おうか。第一に、俺は軍人だからだ。第二に、アドルフの俺に対するあらゆる命令には、前以《もっ》て俺が目をとおしているからだ。それはいわば友達の命令で、……すばらしいつながりだとは思わないか、……それは服従というよりは、男らしい合意なのだ。

シュトラッサー　（絶望して）どうしても私の言うことがきけないのか。きけなければ君は必ず破滅する。

レーム　お為ごかしはもう沢山。俺は汚れた人間とは手を握りたくない。それだけのことだ。
シュトラッサー　いかなることがあっても？
レーム　ああ、いかなることがあっても。
（二人沈黙）
シュトラッサー　わかった。お為ごかしと云われるなら、それ以上言いたくないが、これでわれわれが袂《たもと》を分てば、君も死に、私も死ぬ。わかりきったことだ。君は友達ヒットラーに殺される。私に比べれば、君のほうが多少は幸福だろう。
レーム　莫迦《ばか》な。アドルフが俺を殺すものか。
シュトラッサー　（傍白《ぼうはく》）何という愚かな……。
レーム　病的な頭に巣喰《すく》った観念が、この世の美しい人間関係を根こそぎにしてしまった例はたんとある。だが、ヒットラーは決してレームを殺さない。それは歴史が証明するだろう。もしそれが人間の歴史なら。……シュトラッサー君、あんたは病気なのだ。
シュトラッサー　君も病気だよ、レーム君。
レーム　お互いに夏のあいだ、ゆっくり養生をすることにしよう。

シュトラッサー　もう養生をする暇はあるまい。

レーム　棺桶《かんおけ》に片足をつっこみながら、まだしぶとく生きているヒンデンブルクを見習いたまえ。

シュトラッサー　（力なく立ちかけて思い返し、激情にかられて戻《もど》りレームの膝《ひざ》にすがりつく）レーム君、おねがいだ。助けてくれ。助けてくれるのは君しかいない。……私を助けてくれることが、君の命を救うことにもなる。人生に二度とはないこの瞬間を、どうか見のがさないでくれ。君だけだ。君だけだ、それができるのは。

レーム　（冷たく引き離す）死にたかったら勝手に死ね。殺されるのはお前の自由だ。何ならこの場で殺してやろうか。

シュトラッサー　ああ、そうだ。そうしてくれ。この場で殺されたほうがさっぱりする。君の愚かさに殺されたほうが、不気味な暗い知恵に殺されるよりも、まだ何程か救いがある。どうせ君とは、又すぐ冥途《めいど》で会うのだからな。そのピストルを抜け。それで射て。

レーム　残念ながら、まだ俺は命令を受けていない。

シュトラッサー　命令を？

レーム　アドルフ・ヒットラーの命令をだ。

シュトラッサー　君を殺せという命令に、君が従うところは見物《みもの》だろうな。
レーム　莫迦な。ものが言えないように、その前歯をへし折ってやろうか。
シュトラッサー　ヒットラーは君を殺すだろう。日が東から昇るよりもたしかなことだ。
レーム　まだ言うのか。
シュトラッサー　それを信じないということが、どうしてあんな愚かな信頼から生れるのか、私には到底わからない。
レーム　俺はもう行くよ。これ以上精神病患者と附合っている暇はないからな。さあ、これから俺はヴィースの夏をたのしみにゆく。湖畔のホテルで、お前のような哀れなインテリは一人も寄せつけず、陽気な、あばれ者の、神のような金髪碧眼《へきがん》、どの一人をとってもバルデールのように凜々《りり》しく美しい戦士たちの休息の日々がはじまるのだ。アドルフの命令は忠実に実行されるだろう。（ト下手へ去ろうとする）
シュトラッサー　待て。一つだけ忠告しておきたいことがある。これも君が好きになったから言うことだ。どうかこれだけは、君を思うあまりの忠告としてきいてくれ。（レームかまわずに去ろうとする）レーム君、ヴィースへ行くなら、念のために幕僚護衛隊だけは連れて行け。悪いことは言わない。君のためだ。

レーム　（下手の戸口でふりかえり冷笑する）突撃隊員は一兵にいたるまで俺の部下だ。兵員配置に君の指図を受けるいわれはない。

（レーム、軍帽をかぶり、長靴《ちょうか》の踵《かかと》をカチンと合せて、わざと恭《うやうや》しく敬礼し、廻れ右をして、退場）

（シュトラッサー、茫然《ぼうぜん》として、椅子《いす》に崩折《くずお》れる。思い返して蹌踉《そうろう》と立上り、同じ下手へ去る）

（舞台しばらく空白。鳩《はと》啼《な》く）

（上手よりヒットラー、白手袋を持って登場。いらいらと歩き廻り、思い悩み、露台に出て想《おも》いに耽《ふけ》り、決断のつきかねる様子。ついに露台の扉《とびら》を両手で音高く閉めて、決断する。舞台端へまっすぐに歩み、白手袋を振って客席へ合図する）

（客席上手よりゲーリング将軍、下手よりヒムラー親衛隊長が登場した心持）

ヒットラー　（上手へ）ゲーリング将軍。（下手へ）ヒムラー親衛隊長。……私はこれから旅へ出る。例の件については旅先から極秘で指令を下す。指令を受けたら、極秘裡《り》に、迅速果断に行動していただきたい。一点の躊躇《ちゅうちょ》なく、一片の仮借なく、徹底的にやり抜くのだ。では、今から怠りなく準備にかかって下さい。

（ヒットラー、両者に会釈《えしゃく》。両人退場せる心持。ヒットラー、舞台中央に戻り、客席に背

を向けたまま佇立《ちょりつ》)

――幕――

第三幕

（一九三四年六月三十日夜半。すなわち前幕の数日後。場面は前幕に同じ。シャンデリヤが煌々《こうこう》とかがやいている）

（下手からクルップが常のようにステッキをついてあらわれる。椅子《いす》にかけて待つ）

（やがて上手から、ヒットラーが軍服姿で現われる。顔色は蒼《あお》ざめ、やつれ果て、目はどんよりしている）

クルップ　やあ、おかえり。昨夜旅から帰られたそうだが、急なお召しでおどろいた。

ヒットラー　お待たせしてすまなかった、クルップさん。それにこんな恰好《かっこう》で失礼。帰って以来この緊急事態だから、せめて着るもので身を引きしめていなくては。

クルップ　何という顔色だ、アドルフ。まるで寝ていないね。

ヒットラー　こんな夜更《よふ》けにお呼びしたのも、一人で眠られぬ夜をすごすのがいやだったからだと言っても、おゆるしねがえますかな。

クルップ　たよりにしてくれてありがたい。それに私は妙な湿った気候のせいか膝《ひざ》が痛んで、眠られぬ夜の話し相手がほしい点では同じなんだよ。
ヒットラー　それはまことに好都合です。
（二人沈黙）
クルップ　とうとうやったね。
ヒットラー　ええ。やむをえない処置でした。
クルップ　二人とも。
ヒットラー　ええ、二人とも。
クルップ　そのほかにも突撃隊幹部はみんなやられ、土曜の晩から日曜にかけて、処刑場のリヒターフェルデ士官学校の近所の住人は、銃殺刑のひっきりなしの銃声で、眠れなかったというじゃないか。かれこれ四百人というが本当かね。
ヒットラー　（神経質に大仰に指で数え、何度も失敗して数え直す）そうです。……三百八十人。……今まで大体そんなところです。
クルップ　そりゃあ大盤振舞《おおばんぶるまい》をやってくれたもんだね。軍部は大よろこびだろう。しかし大衆にはどうやって納得させる。町はデマで沸き立っているよ。
ヒットラー　そのうち国会で演説をします。処刑された者の数は、……（又、病的に神経質に指でかぞえる）……せいぜい、七、八十名ぐらいと発表しましょう。

クルップ　レームの罪状もシュトラッサーの罪状も、納得のゆくように演説の中へ織り込むわけだね。

ヒットラー　ええ、そうです。レームは、第一、汚職が大へんなものだったし……

クルップ　これもほかに耳の痛い人が一杯いるだろう。

ヒットラー　第二に、ひどい人事の偏向……

クルップ　これはレームに限らず、国民社会主義党のお家芸じゃないのかね。

ヒットラー　第三に、あいつの不品行、それもきわめて忌《いま》わしい、きわめて異常な……

クルップ　それもレーム流に言えば、ただ兜虫《かぶとむし》を砂糖水で育てていただけのことじゃないのかね。

ヒットラー　しかし何より許すべからざることは、レームが叛乱《はんらん》を企てたことです。これを暴露すれば、国民はみな私の処置を是《ぜ》とするにちがいありません。

クルップ　ふしぎなことに多くは死んでから叛乱計画が暴露される。そんな危ないことは生きているうちに尻尾《しっぽ》を出してくれるとよいのだがな。

ヒットラー　（激昂《げきこう》して大声を立てる）何を仰言《おっしゃ》りたいんです、一体！

クルップ　アドルフ、君は気が立っている。こんな年寄に何を言われようと、大きな声を立てたりせぬものだ。

ヒットラー　大人しくうかがいましょう。どんなききづらいことを言われても、あなたに行ってしまわれるよりはまだましだ。

クルップ　血が流された。そういう晩には、酒や女に慰めを求めずに、ただひたすら血の思い出に涵《ひた》っていたほうが治りが早いのだよ。私の永い人生の経験から言うことだから、まちがいがない。アドルフ、君は疲れている。だからもっともっと、君の耳へ流された血を補うことが必要かもしれない。その血が床《ゆか》に浸み込んで、嵌木《はめぎ》の色に紛れ込んでしまわぬうちに。……幸い私はひょっとすると君よりも正確な情報をたくさん抱え込んでいる。君は権力を得れば得るほど、正確な情報から隔てられるようになるだろう。

ヒットラー　ますます言いたい放題を仰言いますね。

クルップ　シュトラッサーはここベルリンで、土曜日の正午に逮捕され、午飯《ひるめし》を喰う暇もなく急《せ》き立てられて、プリンツ・アルブレヒト街の刑務所で処刑された。もちろん裁判などというものはなかったが、連行されてからシュトラッサーが午飯を喰べたかどうかということの情報はない。これが私にはひどく気にかかる。空き腹で殺されては気の毒だからね。同じころフォン・シュライヒャー将軍の別荘では呼鈴が鳴り、将軍が玄関に出てみると、その場で彼は射ち倒され、将軍夫人もともども射殺された。忙しいのは君の親衛隊だった。そういう特別の敬意を表した個別訪問にも廻らねばならず、あちこちで銃殺一個小隊を編成もせねばならなかった。お客様の数が多すぎたからだ。

ヒットラー　シュトラッサーはどんな風に死んだのかな。そんな詳しい、赤新聞風な情報もお持ちですか。

クルップ　残念ながらこれがないのでね。私はあの男は大人しく、案外取乱さないで死んだのじゃないかと思う。生来血の気の少ないああいう男は、空き腹ならば尚更《なおさら》、植物のような死に方をするものだ。あいつは知的な男だった。ソクラテスのように、毒を嚥《の》ませてやったほうがよかったのじゃないか。

ヒットラー　（激昂して）あいつこそずたずたにすべきだったのです。（ト立上り演説口調になる）あの陰気な偽善者は、労働階級の味方のような顔をしながら、軍部の古狸《ふるだぬき》どもと結託して、私の政権の転覆を企てた、ユダヤ的国際主義者、新生ドイツにとっては獅子《しし》身中の虫、下劣な陰謀家、そのくせ本質は、学生新聞の社説の思想を終生持ちつづけた青臭いインテリにすぎなかった。私はさらに調査を進めているが、モスクワと連絡をとっていたという証拠が掘り出されるかもしれません。

クルップ　それはまあ大それたことをしてくれたものだ。あの男も革命が終ったという現実を、どうしても身につけることができずに死んだのだな。そしてレームは……

ヒットラー　ああ、あの男の死際《しにぎわ》は、大した取乱し方だったときいています。しかしついに一度も私に対する悪口《あっこう》を放たず、「これはゲーリングの陰謀だ」とわめきつづけていたそうです。

クルップ　全く元気な男だった。あの男はヴィースのホテルの温かい寝床から引立てられて、ハイネスらとミュンヘンへ連行され、かつて彼自身がミュンヘン暴動で十年前に投《ほう》り込まれたのと所も同じシュタデルハイム刑務所で銃殺された。あの男には銃殺がふさわしかったというほかはない。……取乱したって？

ヒットラー　そうきいています。残念ながら。

クルップ　信じられぬことが起ったのだから無理もあるまい。

ヒットラー　まるでレームが無実のように仰言いますね。（激昂して）レームは有罪でした。有罪でした。叛逆の証拠はそろっている。あの男はあらゆる点で有罪だった。クルップさん、あの男の罪から目を外《そ》らしてはなりません。なるほどあの男は私に友情を持っていた、そのこと自体が罪であるとは気づかずに。その上私からも友情を期待した、それこそもっと重い罪であるとは気づかずに。……あいつはいつも過去を夢みていた。自分を神話の人物にさえなぞらえていた。三度の飯《めし》よりも兵隊ごっこが好きで、穴だらけの軍隊毛布をかぶって、星空の下に眠るのが好きだった。台閣の座にありながら、いつも私をその夢へ誘《いざな》った。それが罪だった。……あいつは自分ほど男らしく、逞《たくま》しく、凜々しい男はないと己惚《うぬぼ》れていた。それが罪だった。……あいつは人に命令することしか知らなかった。あいつが忠誠と称する感情にすら、いつもいくらか焦《こげ》くさい命令の匂《にお》いがあった。それが罪だった。

クルップ　そうだ、今夜こうしてベルリンの夏の湿った夜空の下で、こまごまとあいつの罪状を数え立てるほど、時にとってよい追悼《ついとう》はあるまい。

ヒットラー　そんなレームでも、ひとつぐらいは、肯綮《こうけい》に中《あた》ったことを言ったものです。あいつはこう言うのが口癖だった、エルンストは軍人で、アドルフは芸術家だと。そのたびに私は腹を立てたものだが、今にしてみれば、彼が多少憐《あわ》れみをこめて言った芸術家という呼名が、彼の単純な頭では思いも及ばなかったひろがりを持ってくる。あいつには夢ばかりがあって、想像力がなかった。だから自分が殺されることにも気づかなかったし、他人に対して残酷になりきることもできなかったのです。あいつの耳と来たら軍楽隊の吹奏楽しかわからなかったが、私のようにもっとワグナーを聴くべきだった。あいつはもう一つで美をつかみそこねたが、それというのも、この地上で美を築き上げるには必要不可欠のこと、つまり、自分の考える美の根拠を知るという努力をしなかったからです。いつかあなたは言われましたね。自分自身を嵐《あらし》と感じることができるかどうか、って。それは何故《なぜ》自分が嵐なのかを知ることです。なぜ自分がかくも憤り、なぜかくも暗く、なぜかくも雨風を内に含んで猛《たけ》り、なぜかくも偉大であるかを知ることです。それだけでは十分でない。なぜかくも自分が破壊を事とし、朽ちた巨木を倒すと共に小麦畑を豊饒《ほうじょう》にし、ユダヤ人どものネオンサインにやつれ果てた若者の顔を、稲妻の閃光《せんこう》で神のように蘇《よみがえ》らせ、すべてのドイツ人に悲劇の感情をしたたかに味わせようとするのかを。……それが私の運命なのです。

クルップ　その嵐は来るだろうか。夜空は陰々滅々として星影もなく（ト露台へ歩む）雲が夥《おびただ》しい死体のように折り重なっている。夜気《やき》は私の膝には毒だが、この部屋にいるとこもった血の匂いで息が詰る。（露台から）アドルフ、銃殺はまだつづいているのだね。

ヒットラー　まだつづいている筈《はず》です。

クルップ　ここからはきこえない。リヒターフェルデ士官学校はどっちの方角になるのかな。

ヒットラー　(立ってきて、露台から下手を指さし) あっちです。(ト言うなり、興なげに立戻りつつ) 今ごろやっているのは、もう小者ばかりですよ。

クルップ　全部うちの小銃だ。世界一性能のいいクルップ社の小銃で撃たれれば、撃たれるほうもよほど楽だろう。又、小銃の身になってみても、久しぶりに人間の生《なま》身《み》を飽きるほど射って、久々の休暇で娼《しょう》家《か》へ行った兵隊のように、充《み》ち足りた眠りを樫《かし》の銃架の枕《まくら》に委《ゆだ》ねることができるだろう。眠れる者は羨《うらやま》しい。

ヒットラー　(独り言) エルンストは軍人、アドルフは芸術家か。……こう言い直したほうがいい。エルンストは軍人だった。そしてアドルフは芸術家になるだろう。

クルップ　(露台から) 何か言ったかい、アドルフ。

ヒットラー　いや、何も。

クルップ　もう一度ここへ来てくれないか。

ヒットラー　レームがやっと死んだと思うと、今度はあなたが私に命令するのですか。

クルップ　(その言葉の内包する意味にギョッとして、ステッキを床に落す) ああ!

ヒットラー　(依然として席を立たず) どうしたんです。

クルップ　ごらんのとおりだよ。ステッキを床に落してしまった。
ヒットラー　私に拾えと仰言るのですか。
クルップ　拾えというのじゃないが、……（ト我にもあらず卑屈になって）、……自分で拾おうとすると、この膝が……、深く曲げれば飛び上るほど痛むのでね。
ヒットラー　（席を立たず）今行きますよ。
（クルップ、露台の入口に手を支えて佇立《ちょりつ》して、ただ待っている）
ヒットラー　（背を丸めて、陰気に歌う）
死なばもろとも
共に戦い
銃《つつ》を執《と》る身は
いくさの場《にわ》に
赤き雛罌粟《ひなげし》
胸に咲かせて
（低く残忍に陰気に笑う）
クルップ　（悲鳴のように）アドルフ！
ヒットラー　（目がさめたように、気軽に立って）おや、おや、これは失礼を。（床からステッキをとりあげて、わざとらしく恭しく捧《ささ》げる）ひどく痛みますか、クルップさん。
クルップ　いや、ありがとう。ありがとう。もう大丈夫だ。
ヒットラー　（やさしくその腕を支えて）お気をつけにならなくちゃいけませんな。……それはそうと、さっき私を呼ばれたでしょう。ちょっと考え事をしていたもので。……何の御用でした。
クルップ　それが、……それが、おや、何だったっけ。
ヒットラー　あとで思い出しますよ。さあ、体に毒だ。部屋へ戻りましょう。
クルップ　（戻りかけて）あ、思い出したよ、アドルフ。露台へ行こう。そしてあそこで聴いてほしいのだ。
ヒットラー　何を？
クルップ　銃声をだ。
ヒットラー　ここからきこえるわけが……
クルップ　（熱烈に）そう思うだろう。そう思うだろう。しかし君の命じた銃殺だ。君の耳には届かなくてはならない。ぜひ君の心耳《しんじ》を澄まして、士官学校の高い無情な塀《へい》の中の、銃殺の音を聞き分けてほしい。
ヒットラー　そんな無理を言われても、第一この私だっていつ狙《ねら》われるかわからないのだから、深夜そんなところへ出て行くのは好ましくないのだが……。（トしぶしぶ露台へ出る）……きこえるのは遠いシュタットバーンの車輪のとどろきやら、まばらな自動車の警笛ばかり、ウンター・デン・リンデンは星一つない空の下に、濃い並木の影を伏せている。

クルップ きこえない筈《はず》はない。君の命じた銃声だ。

ヒットラー クルップさん、あなたの言われることには一理ある。この血の夜を動かす源のダイナモの音が、私の耳にひびいて来ない筈はない。

クルップ そうだ、アドルフ。その音をきき、その音に溺《おぼ》れ、血の想像のありたけを鼓舞し、そこからよみがえり、それから治るのだ。そのほかに自分を取り戻す方法はない。それだけが君の不眠症を癒《い》やす薬だよ。

ヒットラー （目をかがやかす）なるほどね、クルップさん、そう云えばかすかにきこえてきた。一斉《いっせい》射撃。……と云っても一二発おくれた銃声。……俄《にわ》か拵《ごしら》えの未熟な銃殺小隊としてはやむをえまい。

クルップ きこえるか、アドルフ、突撃隊の下級士官たちの軍服の胸を破る銃声が。

ヒットラー きこえますとも。不経済なことだ、並べて置いて射てばよいものを、念入りに一人一人。きこえますとも。……又一斉射撃。……射撃用意！　射て！……

射て！……射て！

今はありありと見える。目かくしをした顔が急にのけぞる。弓なりに。……口から吹きだした血に真赤に染った、のけぞった男の顎《あご》が。それから急激に、射たれた鳥のように、首を自分の胸深く落して死ぬ。……ごらんなさい、やつらにはみんな突撃隊の制服を着せてある。それというのも、制服禁止の私の命に背いて、叛乱《はんらん》を企てたという罪名が、それだけで即座に成り立つからだ。……レームが気取ってめかし込んでいた突撃隊の制服が、四百着あまりも赤いはじける穴を胸板にあけられて、射的の人形のように、足もとに掘られた穴へころがり落ちる。……

射て！……射て！……射て！　レームあってこそ肩で風を切って歩いていた、あの若い逞《たくま》しい無頼漢《ならずもの》ども。筋肉だけをたよりにしたやつらの青春のこれが最後だった。……これでおしまいだ。これであいつらの兵隊ごっこも、口先だけの義侠《ぎきょう》義血も、旗日ごとの人もなげな行進も、ビヤホールでの放歌高吟も、古くさい野武士気取も、ノスタルジヤも、感傷的な戦友愛もおしまいだ。……これでおしまいだ。あいつらの夢みていた革命もおしまいだ。……親衛隊の銃弾が、やつらの子供っぽい革命の夢の、金モールで飾り立てた胸もとを、穴だらけにしてしまったからだ。……これでどんな革命ごっこもおしまいだ。

クルップ　どんな革命ごっこも……。もう二度と革命を夢みる者は出ては来るまい。革命の息の根が止められた今日、軍部はこぞって君を支持している。君ははじめて天下晴れて大統領になる資格を得たのだよ。こうなくてはならなかった。

ヒットラー　（クルップを伴って室内に戻り、クルップに椅子《いす》をすすめつつ）あの銃声が、クルップさん、ドイツ人がドイツ人を射つ最後の銃声です。……これで万事片附きました。

クルップ　（椅子にゆったりと掛けて）そうだな。今やわれわれは安心して君にすべてを託することができる。アドルフ、よくやったよ。君は左を斬《き》り、返す刀で右を斬ったのだ。

ヒットラー　（舞台中央へ進み出て）そうです、政治は中道を行かなければなりません。

――幕――

――一九六八、一〇、一三――

自作解題（七編）

跋（『サド侯爵夫人』）

澁澤龍彥氏の『サド侯爵の生涯』を面白く読んで、私がもっとも作家的興味をそそられたのは、サド侯爵夫人があれほど貞節を貫き、獄中の良人に終始一貫尽していながら、なぜサドが、老年に及んではじめて自由の身になると、とたんに別れてしまうのか、という謎《なぞ》であった。この芝居はこの謎から出発し、その謎の論理的解明を試みたものである。そこには人間性のもっとも不可解、かつ、もっとも真実なものが宿っている筈であり、私はすべてをその視点に置いて、そこからサドを眺めてみたかった。いわばこれは「女性によるサド論」であるから、サド夫人を中心に、各役が女だけで固められなければならぬ。サド夫人は貞淑を、夫人の母親モントルイユ夫人は法・社会・道徳を、シミアーヌ夫人は神を、サン・フォン夫人は肉欲を、サド夫人の妹アンヌは女の無邪気さと無節操を、召使シャルロットは民衆を代表して、これらが惑星の運行のように、交錯しつつ廻転してゆかねばならぬ。舞台の末梢《まつしよう》的技巧は一切これを排し、セリフだけが舞台を支配し、イデエの衝突だけが劇を形づくり、情念はあくまで理性の着物を着て歩き廻らねばならぬ。目のたのしみは、美しいロココ風の衣裳《いしょう》が引受けてくれるであろう。すべては、サド夫人をめぐる一つの精密な数学的体系でなければならぬ。……

私はこんなことを考えてこの芝居を書きはじめたが、目算どおりに行ったかどうかはわからぬ。しかし、この芝居は、私の芝居に対する永年の考えを、徹底的に押し進めたところに生れたものであることはたしかである。日本人がフランス人の芝居を書くのは、思えば奇妙なことだが、それには、日本の新劇俳優の翻訳劇の演技術を、逆用してみたいという気があったのだ。もっともこれは別に私の発明ではなく、すでに田中千禾夫《ちかお》氏が『教育』で試みて成功している。

実在の人物の生死について、わざと史実を歪《ゆが》めた点が二三ある。これは劇の必要から生れたもので、別に歴史劇ではないから、ゆるされると思うが、サド夫人ルネと、その母モントルイユ夫人と、妹アンヌの三人だけが、実在の人物で、あとの三人は私の創作した人物である。

（河出書房新社刊『サド侯爵夫人』・昭和四十年十一月）

『サド侯爵夫人』について

澁澤龍彦氏の『サド侯爵の生涯』を読んだときから、サド自身よりも、サド夫人のうちに私は、ドラマになるべき芽をみとめた。それから何度も心の中で練り直していたが、あるときふと「こりゃ、サド自身を出さない、という行き方があるんじゃないか」と思いつき、それから俄《にわ》かに構想がまとまりはじめたのである。芝居の構想がまとまるキッカケというものは、大抵そんな風に単純なものである。

サドを、舞台に出さぬとなれば、他の男は、もちろん出て来てはならない。サドが男性の代表であるべき芝居に、他の男が出て来ては、サドの典型性が薄れるからである。しかし女ばかりの舞台では、声質が単調になりがちで、（これは宝塚の舞台を、考えればすぐわかる）、殊にセリフ本位の芝居の場合は、それが心配になり、構想中、老貴婦人の役を出して、女形で、やらせる、とも考えたが新劇における女形演技の無伝統を思うと、それも怖くなってやめてしまい、結局女だけの登場人物で通すことにした。かくて私は、NLTの全男優の怨嗟《えんさ》の的になったのである。

日本人の劇作家が、フランスの、しかも十八世紀の風俗の芝居を、書くなど、神をおそれぬ大それた振舞である。私はそんなことは百も承知している。

しかし敢てそれに踏み切ったのは、日本の新劇というものの特殊性を、私が体験上、いろいろと噛《か》みしめてきたからである。

日本には、悪名高い翻訳劇演技というものがある。西洋には、そんなものはない。西洋には、そんな必要がなかったのであって、久しい間、東洋人の役が出て来れば、目尻を吊《つ》り上げて、両手を赤ん坊のようにひらいて、爪先《つまさき》でチョコチョコ歩けば、十分観客を、納得させたのであった。しかし日本の新劇が、伝統演劇に反抗して、まず赤毛芝居から発足したのは、周知の事実であって、それは必然的に、「赤毛のものまね演技」の発達を、招来し、中世の狂言のものまね演技の伝統を、無意識に、背景としつつ、しかもそのパロディーと批評の要素は、完全に、払拭して、ひたすら莫迦《ばか》正直に、丁寧に、大まじめに、西洋人の言語、動作をまねることに、熱中したのであった。(何たる日本人的努力!)それはいかにも無恰好な、俄かごしらえの橋ではあったが、ともあれ、われわれの劇場を、西欧へつなぐところの唯一の橋であった。

曲りなりにもその演技は、何十年の歴史を経て、多少見るべき成果を示し、西洋人が見てもそんなにおかしくない西洋劇をやれる段階に達した。日本人でありながら、着物を着れば褄《つま》一つ取れず、刀をさせばまるで恰好のつかない新劇俳優が、（これこそ正に現代日本人の象徴である。）ただ一つ育成し継承してきた様式的演技が、「翻訳劇演技」というものなのである。

私がそれを様式的というのは、もともとリアリズムの要求から発しながら、いつしか様式に固定してゆくという、日本芸能独特の過程を、翻訳劇演技も辿《たど》りつつある、と、考えるからである。その上、交通手段の進歩によって、世界文化の交流がさかんになるにつれアメリカなどでも、東洋人の役の出る芝居が珍らしくなくなり、その東洋人の役も昔のような類型では、間に合わなくなり、かなりリアルな表現に近づいてきた今日、日本の翻訳劇演技なるものは、世界演劇の要求を一足先に実現した、世界に冠たる珍品的文化財になったのであった。

こんなものをただ粗末にしたり、悪口を言ったりしてほうっておいてはつまらない。それは、ロシア人のやるチェホフと、日本人のやるチェホフを、比べてみれば、見ないうちから勝負は、決ったようなものだが、日本人観客にとっては、「言葉がわかる」という利点は、依然として残っている。

私はこれほど輝やかしき「ものまね演技」の伝統をほうっておくのは勿体ないと考えて、それを、十二分に利用するために、「フランスものまね芝居」を、書いたわけであるが、俳優も、私の恥を、共にして、悪名高い翻訳劇演技を、十二分に、発揮してくれればよい。

しかし、右に述べたことも私の独創ではないのであって、すでに田中千禾夫氏の『教育』という、すばらしいコロンブスの卵がある。

――この芝居は、又、文学座脱退以後、演出の松浦竹夫氏と永年のコンビ復活の記念作になった。『鹿鳴館』『熱帯樹』『十日の菊』における、氏と私との協同作業の成果に、何ほどかの共感を寄せて下さった方々ならば、今度の芝居に、格別の同情を与えて下さるであろうと期待している。

（劇団NLTプログラム・昭和四十年十一月）

『サド侯爵夫人』の再演

『サド侯爵夫人』の東京再演は大入満員だった。何が魅力なのだろうか？　俳優は、演技の魅力だというだろうし、演出家は、装置家は、衣装デザイナーは、そして作者は、それぞれ自分の持ち場の成功だというであろう。結局、総合芸術というものは、何が何やらわからない。一つには題のイメージがいいのだろう。「サド侯爵」という題だったら、なんとなく陰惨で、おそろしくて、近づきにくい。侯爵夫人となると、そこに「サド」の名との面白い対照が生ずる。血と絹が一つに合するのである。

私のねらいもほぼそんなところにあった。実際サドの文学を思想的に解すると、優雅の片鱗《へんりん》もないかのようだが、一方、それを、同時代のラクロの『危険な関係』やクレビヨン・フィスの『ソファ』とならべてみると、ロココ好色文学のふくいくたる香りが、血と拷問のうしろから立ちのぼってくる。私は、そもそも澁澤龍彥氏の『サド侯爵の生涯』を読んだときから、侯爵夫人が、あれほど良人を愛していながら、出獄と同時にサッサと別れて修道院へはいってしまう心理のアヤに、並々ならぬ興味を抱き、ひとつ、この観点からサドをつかまえてやれ、という劇作家的野心のとりこになったが、そのとき私の脳裏には、すでに、舞台上のロココの貴婦人たちの衣《きぬ》ずれの音がきこえていた。

もっとも下劣、もっとも卑ワイ、もっとも残酷、もっとも不道徳、もっとも汚らしいことをもっとも優雅なことばで語らせること。そういう私のプランのなかには、もちろんことばの抽象性と、ことばの浄化力に関する自信があった。それが、芝居におけるセリフの力を、もっとも目ざましく証明してくれるはずだった。当たり前のことを当たり前にいっていたのでは（いつまでたっても「おはよう、兄さん、いい天気ですね」式会話だけを、芝居のセリフと思っていたのでは）決して芝居イコール台詞《せりふ》などという定理は確立されない。では、なぜ芝居イコール台詞なのであるか？

それは、われわれが西洋の芝居をとり入れた最初の瞬間からいつか直面せねばならぬ最大の問題だったのである。芝居におけるロゴスとパトスの相克が西洋演劇の根本にあることはいうまでもないが、その相克はかしゃくないセリフの決闘によってしか、そしてセリフ自体の演技的表現力によってしか、決して全き表現を得ることがない。その本質的部分を、いままでの日本の新劇は、みんな写実や情緒でごまかして、もっともらしい理屈をくっつけて来たにすぎない。

……とまあ、いってみれば、またけんかになるが、この舞台は、華麗な衣装に包まれた口げんかの連続であるから、作者も多少、舞台に影響されたのかもしれない。

（毎日新聞・昭和四十一年七月一日）

豪華版のための補跋（『サド侯爵夫人』）

『サド侯爵夫人』は、一九六五年十一月十四日より、紀伊國屋ホールで、松浦竹夫氏演出によって、左の如き配役で初演された。

ルネ　丹阿弥谷津子
モントルイユ夫人　南美江
アンヌ　村松英子
シミアーヌ　賀原夏子
サン・フォン　真咲美岐
シャルロット　宮内順子

＊

外国版はドナルド・キーン氏の英訳により、紐育《ニューヨーク》グローヴ・プレスから、一九六七年六月二十六日に出版された。日本初演の舞台写真十二葉を収載している。キーン氏の配慮で、英訳題名を、"Madame de Sade"としたのは、もし、原題どおり、"Marquise de Sade" とするときは、Marquis de Sade と e の字一字がちがうだけで、書店の店頭でまちがえられる惧《おそ》れがあるからであり、あまつさえ Grove Press は、マルキ・ド・サド全集の出版で名高い出版社だからである。

＊

ここに、縁あって、中央公論社から豪華限定版を刊行し得て、戯曲『サド侯爵夫人』は、その素材の出自にふさわしいロココ的栄華を極めることになった。

かねて私は、フランス十七世紀十八世紀文学の抽象的性格は、居宅や衣服の装飾過剰と相関関係にあると睨《にら》んでいたが、従って、もしそれを、日本的簡素や単純と混同したら、大まちがいを演ずると考えていたことは、実際にパリの貴族や富豪の邸内に入ってみて、確かめられた。このことは又、戯曲や書簡文学のような、さらでだに抽象的なジャンルの文学の流行と見合っている。『サド侯爵夫人』は、ここに見られるように、場面も変らず、大道具小道具の活用もなく、ただ言葉・言葉のやりとりで劇的緊張をかもし出すように書かれた戯曲であるが、読者がこれを味わうには、もし舞台の色彩美を通してでなければ、造本の装飾美が是非とも必要である。造本の装飾過剰と、戯曲の抽象性過剰が、両々相俟《あいま》って、この作品の全体的効果を、はじめて正確に印象づけるであろうからである。

私が日本でいわゆる新劇というものの台本を書きはじめてから、わが戯曲史演劇史と西欧のそれとの、相容れぬ対蹠《たいせき》的な性格はたえず念頭にあった。日本で純粋な対話劇が発達しなかったのには、さまざまな理由が考えられるが、根本的には、日本人の人間観自然観に、主客の対立を厳しくしないものがあるからであろう。主客の対立を惹《ひ》き起すものこそ言葉であり、言葉のロゴスを介して、感情的対立は、理論的思想的対立になり、そこにはじめて劇的客観性を生じて、これがさらに、観客の主観との対立緊張を生むことになる。これがギリシア以来の西欧の演劇伝統のあらましである。ラシイヌの戯曲は、このようなラテン的伝統の精華であろう。

しかるに、日本に移入された西欧劇（いわゆる新劇）は、その戯曲解釈において、その演出方法において、その演技術において、必ずしも、こうした西欧的伝統を継受するものではなく、表面はわが伝統演劇ときびしく対決したように見えながら、その実、セリフの文学性、論理性、朗誦《ろうしょう》性、抽象性等々をことごとく没却して、写実的デッサンと心理的トリヴィアリズムと性格表現の重視、あるいはイデオロギーの偏重に災いされ、却って偏頗《へんぱ》で特殊な一演劇ジャンルを形成してしまった。それだけそれがみごとな変種であるかというと、そうとばかりは言えぬ。セリフ自体をでなく、セリフの行間のニュアンスを固執する日本伝統演劇の演技術や演出術が、そこかしこに無意識に顔を出している。そのもっとも端的な例が、わが国におけるチェホフの受け入れられ方である。

『サド侯爵夫人』は、こういう日本の「新劇」の状況を考慮に入れて、全く非日本的な演劇伝統をわざと強引に継受し、あわせて、新劇のふしぎな財産となった翻訳劇（赤毛物）の不自然な演技術を、（それとて実は、わが中世のものまね芸の伝承の一斑《いっぱん》に他ならないが）、むしろ積極的に活用しようとして書かれた戯曲である。しかも、そういう作者の意図に反して、このもっとも西洋的である筈の作品にすら、出来上ってみると、一抹《いちまつ》、わが能楽の幽玄の模写が感じられるのは、作者もまた、畢竟《ひっきょう》、一日本人であるという、わかりきった結論を導き出すものでしかあるまい。

（中央公論社刊『サド侯爵夫人』限定版・昭和四十二年八月）

作品の背景――『わが友ヒットラー』

今ヒットラーを書く意味は何か、とよくきかれる。本当のところ、ヒットラーを本腰入れて書こうとすれば、一冊や二冊の小説で納まり切るものではない。ヒットラーの問題は、片や二十世紀文明の本質につながり、片や人間性の暗黒の深淵につながっているからである。

この三幕の戯曲で私が書きたかったのは、一九三四年のレーム事件であって、ヒットラーへの興味というよりも、レーム事件への興味となっている。政治的法則として、全体主義体制確立のためには、ある時点で、国民の目をいったん「中道政治」の幻で瞞着《まんちゃく》せねばならない。それがヒットラーにとっての一九三四年夏だったのであるが、このためには、極右と極左を強引に切り捨てなければならない。そうしなければ中道政治の幻は説得力を持たないのである。

この法則は洋の東西を問わぬはずであるが、日本では、左翼の弾圧をはじめてから二・二六事件の処断までほぼ十年かかった。いかにも計画性のないお国柄を反映している。それをヒットラーは一晩でやってのけたのである。ここにヒットラーの仮借ない理知の怖《おそ》ろしさがあり、政治的天才がある。猪木正道氏の話では、スターリンもこのレーム事件に深い感銘を受け、自分の側の粛清のお手本にしたそうである。

『わが友ヒットラー』はこの一夜を扱ったものである。そしてレーム大尉は、歴史上の彼自身よりも、さらに愚直、さらに純粋な、永久革命論者に仕立ててある。この悲劇に、西郷隆盛と大久保利通の関係を類推して読んでもらってもよい。

戯曲『サド侯爵夫人』を書いたときから、私にはこれと対をなす作品を書きたいという気持が芽生えた。『サド』は女ばかりの登場人物で、フランス・ロココの一杯道具で、十八世紀の怪物サドが中心、『わが友ヒットラー』は、男ばかりの登場人物で、ドイツ・ロココの一杯道具で、二十世紀の怪物ヒットラーが中心というわけだ。フランス革命とナチス革命が背後にある点でも、二作は似ている。似ていて十分コントラストがきいていなければならない。

ラシーヌの『ブリタニキュス』のように、血で血を洗う政治劇を、優雅なアレクサンドランで、というのが私の芝居の理想であるから、『わが友ヒットラー』でも、四人の男たちが、それぞれ詩的なセリフをしゃべりまくる。しかし男たちばかりだから、十八世紀の貴婦人のように優雅に行かぬことはやむをえない。優雅の代りに、男性美が出てくれれば申し分ないのだが、それは役者の領域である。

芝居のこまかい機巧よりも、ますます能のような単純簡素な構造を私は愛するようになった。舞台技巧などというものは、意識的に避けて書いたのである。その代りに緊迫感が出ていたら成功だと思うが、そのへんは作者自身にはよくわからない。

（東京新聞・昭和四十三年十二月二十七日）

『わが友ヒットラー』覚書

『サド侯爵夫人』を書いた時から、私はこれと対をなす作品を書こうと思っていた。そういうことをするのは、四六駢儷体《べんれいたい》を愛する私のシンメトリーの趣味であって、大して深い意味はない。かつて短編小説の領域で、対蹠的な二種のナルシシストの物語、『女方』と『貴顕』という一対を書いたことがある。『サド侯爵夫人』の装置はフランス・ロココの一杯道具の書割式、『わが友ヒットラー』はドイツ・ロココの同じく一杯道具の書割式、いずれも三幕で、登場人物は、前者が女ばかり六人、後者は男ばかり四人、中心人物はサドとヒットラーという十八世紀と二十世紀をそれぞれ代表する怪物である。

さて、『わが友ヒットラー』は、アラン・ブロックの『アドルフ・ヒットラー』を読むうちに、一九三四年のレーム事件に甚だ興味をおぼえ、この本を材料にして組み立てた芝居である。粛清すぐ前に、ヒットラーはそれぞれレームとシュトラッサーに別々に会っているが、この芝居のように、レームとシュトラッサーが、所もあろうに首相官邸で会って、大声で政権転覆を論じたというような史実はない。ないけれども、あの当時、この二人がこっそり会ったことはありえたような気が私にはする。又、ヒットラーとレームの友情を強調する「アドルスト鼠」の挿話《そうわ》もちろん私の創作である。しかし粛清後ヒットラーが不眠症にかかり、心労の果てにやつれたというのは実話のようで、まだ「人間的な」ヒットラーがヒットラーの中に生きていた時期の物語である。

国家総動員体制の確立には、極左のみならず極右も斬らねばならぬというのは、政治的鉄則であるように思われる。そして一時的に中道政治を装って、国民を安心させて、一気にベルト・コンベアーに載せてしまうのである。何事にも無計画的、行きあたりばったりな日本は、左翼弾圧からはじめて、昭和十一年の二・二六事件の処刑にいたるまで、極左極右を斬るのにほぼ十年を要した。それをヒットラーは一夜でやってのけたのである。是非善悪はともかくヒットラーの政治的天才をこの事件はよく証明している。

レームに私はもっとも感情移入をして、日本的心情主義で彼の性格を塗り込めた。センチメンタルな一面を持つドイツ人と、日本人との一種の共通点をレームに感じた。アラン・ブロックも、死にいたるまでヒットラーを疑わなかったレームのお人好しぶりに呆《あき》れている。

シュトラッサーは実際は酒豪で豪快な大男だったが、レームとの対照上、又、日本の現代の観客で彼を知る人の少ないことを計算に入れて、思い切って性格を改変した。クルップは、その持っている杖《つえ》を以て、エッセン重工業地帯の独占資本を象徴させ、従って第三幕で杖を落すところに、象徴的な意味を含ませた。第一幕では、明らかに、クルップが人形つかいで、ヒットラーが人形であるが、第三幕で、これが逆転してヒットラーが人形つかいになり、クルップが人形になる。しかもクルップはさだかにこの逆転に気づかぬまま、大詰の幕が下りるのである。

こちたき政治悲劇をアレキサンドランで歌った『ブリタニキュス』風のものを、私は現代劇で書きたかった。男ばかりで色気がないから、四人の男に、それぞれカンどころで、長ゼリフのアリアを歌わせた。この長ゼリフの意味なんかどうでもよいが、俳優諸氏がこういうところでお客を酔わせてくれることを作者は期待する。

ずいぶんいろんな人に、「お前はそんなにヒットラーが好きなのか」ときかれたが、ヒットラーの芝居を書いたからとて、ヒットラーが好きになる義理はあるまい。正直のところ、私はヒットラーという人物には怖ろしい興味を感ずるが、好きかきらいかときかれれば、きらいと答える他はない。ヒットラーは政治的天才であったが、英雄ではなかった。英雄というものに必須な、爽やかさ、晴れやかさが、彼には徹底的に欠けていた。ヒットラーは、二十世紀そのもののように暗い。

（劇団浪曼劇場プログラム・昭和四十四年一月）

一対の作品——『サド侯爵夫人』と『わが友ヒットラー』

日本には「あれは男の描けぬ作家だ」とか、「あれは女の描けぬ作家だ」とかいう月並な悪口がある。事実、前者の作家の作品に登場する男はデク人形に近く、（あえて例は挙げげぬ）、後者の作家の作品では、女が出て来るたびに読者はゲンナリする（これも例は挙げぬ）。負けず嫌いの私は、「よし。俺だけは両方描ける作家になってみせるぞ。それも双方百パーセント以上」と意気込んでいた。極度に女くさい作品となれば、女ばかりで芝居を組めばよく、極度に男くさい作品となれば、男ばかり登場させればよい。口で言えば簡単なことだが、劇作法としては至難の方法である。しかしその困難が私を魅した。

そこでまず『サド侯爵夫人』（一九六五年）を書き、その成功を見極めて、『わが友ヒットラー』（一九六八年）を書き、これも大いに世の迎えるところとなった。後者の成否については殊に心配した。男ばかりの登場人物で女性観客をつかまえることは、興行上の危惧《きぐ》も大きいからだが、これも奇略を弄《ろう》して乗り切った。そこで、ここに、念願の男女一対の像を飾ることができたのである。彫刻家としてこれ以上の喜びがあろうか。

しかし炯眼《けいがん》の観客は女らしさの極致ともいうべき『サド侯爵夫人』の奥に、劇的論理の男性的厳格さが隠されており、男らしさの精髄ともいうべき『わが友ヒットラー』の背後に、甘いやさしい情念の秘められていることを看破するにちがいない。やはり劇は、陰陽の理、男女両性の原理によってしか動かないのである。『サド侯爵夫人』における女の優雅、倦怠《けんたい》、性の現実性、貞節は『わが友ヒットラー』における男の逞《たくま》しさ、情熱、性の観念性、友情と照応する。そしていずれもがジヨルジュ・バタイユのいわゆる「エロスの不可能性」へ向って、無意識に衝き動かされ、あがき、その前に挫折し、敗北してゆくのである。もう少しで、さしのべた指のもうほんのちょっとのところで、人間の最奥の秘密、至上の神殿の扉に触れることができずに、サド侯爵夫人は自ら悲劇を拒み、レームは悲劇の死の裡《うち》に埋没する。それが人間の宿命なのだ。

私が劇の本質と考えるものも、これ以外にはない。

（劇団浪曼劇場プログラム・昭和四十四年五月）

解説

平野啓一郎

『サド侯爵夫人』は、「澁澤龍彥著『サド侯爵の生涯』に拠る」とある通り、物語自体は、澁澤の著書に取材しているが、サドが牢獄《ろうごく》から解放された後の夫人の冷淡さに特に注目し、それを一つの思想劇に仕立て上げたのは三島由紀夫だった。澁澤は、割とあっさりと「第一に宗教的な理由であろう」とし、修道院に身を寄せ、「年を取るとともに、彼女はますます熱心に宗教上のお勤めに励むようになった」と記している。また、夫が自由になれば、「もう自分は用はあるまい」、「子供もそれぞれ成長したし、もう母親としての役目も終わっていた」、「彼女はもう一人になりたかった」と、その胸中を推し量っている。それはそれで腑《ふ》に落ちる説明だが、三島は、その「宗教的な理由」のみを特異に先鋭化させて、他は戯曲中では重視しなかった。

各登場人物の意味については、「跋（『サド侯爵夫人』）」にある通りで、サドを登場させなかった意図も、自ら解説している。

戯曲を読む限り、このアイディアは成功し、大きな効果を挙げているが、国内外で何度も舞台を見ている私は、その度に、演出上の難しさを感じた。

例えば、「アルフォンスが新婚の旅の道すがら、ノルマンジーの百合《ゆり》の野の只中に馬車を止めて、花々を酔わせてやるのだと云って、赤葡萄酒《あかぶどうしゅ》の一樽《ひとたる》を白百合の花の上にぶちまけさせ、……」といったルネの描写的な回想の台詞《せりふ》は、文字で読んでいると、その情景がありありと目に浮かぶのだが、舞台上に役者の身体が現前し、演出的にその存在感が強められれば強められるほど、不在のサドの像を脳裏に結ぶことが難しくなってしまう。戯曲を読んでいる時、読者は、ルネの声だけを頼りに、実のところ、その身体のイメージは捨象して、サドの姿を想像することに集中しているのである。

私は、これを以《もっ》て三島のドラマツルギーの疵《きず》を論《あげつら》おうというのではない。問題は、メディアとその対象との関係である。

この戯曲の主人公は、誰だろうか？　タイトルに従うならば、当然、サド侯爵夫人ルネである。しかし、ルネは、姿なきサドの姿を伝えるメディアでもある。そして、その唯一《ゆいいつ》の不在性を以て、却《かえ》って全編に亘《わた》り、絶大な存在感を発揮しているのがサドである。とすると、真の主人公は、やはり、サドだとも思われる。

こうした構造は、サドについて思考する際に、三島が常に念頭に置いているキリスト教と類似している。ルネは、「アルフォンスは譬《たと》えでしか語れない人なのですもの。」と言うが、それは、否定神学を究極とする神の表象不可能性と、メディアとしての聖書、教会、神学、諸芸術の現前との関係のパロディのように見える。登場人物たちは、人々が神について語るようにサドについて語る。そして、徹底的に言葉の芝居である本作にとって、どうしても到達不能なものこそは、サドが数々の享楽《きょうらく》的な実践で謳歌《おうか》したその肉体なのである。

主人公ルネの心理に立ち戻ってみよう。彼女の不可解な行動は何だったのか？　ルネは、彼女なりに、夫人としての「貞淑」の有り様を模索している。彼女は、根本的には、夫の欲望を共有できない。つまり、自然な愛から、夫との関係を維持したいと願っているのではなく、一種の当為として、その「絆《きずな》」を目的化している。ところが、夫が投獄され、その解放の嘆願が悉《ことごと》く退けられるに至って、彼女は、「アルフォンスの心は私の心だと、あれほど強く感じたことはありませんでした。」という心境に至るのである。なぜか？　この戯曲からだけでは些《いささ》か理解し難いが、三島文学で、関係性に於《お》ける「距離」がどのように機能してきたかを思い起こすことは、その一助となるだろう。例えば、『禁色』の主人公悠一は、同性愛者故《ゆえ》に、誘惑者としての鏑木《かぶらぎ》夫人を受《う》け容《い》れられないが、彼女が京都に去ってからは、性的関係を排除できるが故に、一種の好感を抱くようになる。『金閣寺』の主人公溝口《みぞぐち》は、京都で初めて目にした現実の金閣のみすぼらしさに失望するが、舞鶴《まいづる》に帰郷すると、心象の金閣の美に再び強く魅了される。無論、最も甚だしき例は、聡子に常に自尊心を傷つけられながら、彼女の宮家との縁談が決まると同時に、猛然と恋情を掻《か》きたてられる『春の雪』の清顕《きよあき》である。……こうした事例は、枚挙に暇《いとま》がないが、サドの肉体的な享楽を、結局のところ、心から楽しむことの出来なかったルネは、釈放の希望を幾度となく撥《は》ねつけられるうちに、「次に犯す罪を夢み、それをますます不可能の堺《さかい》へ近づけ、悪徳の限りを究めようと試みながら、一つ一つ手落ちのない計画を立てているときは、きっとこんなだったにちがいない」と、夫への飛躍的な共感に至るのである。

しかし、ルネは単に、かたちの上で夫の欲望をなぞるだけでなく、その思想を理解し、ほとんど情熱的に弁護している。なぜそれが可能になったのか？　夫が戦い続けたこの時代の「法・社会・モラル」の体現者を、他でもなく、母モントルイユ夫人に見たからである。ルネは、母から期待されていた「世間体」に対する反発に、心当たりがあった。そして、サドの思想とその実践は、単なる娘としての母への反発を超えて、「人間の底の底、深みの深み、いちばん動かない澱《よど》み」へと彼女を直面させる。彼女が「アルフォンスの心は私の心」と感じ得たのはその故であり、だからこそ、舞台上で戦わされる母と娘との肉体と言葉は、サドと「法・社会・モラル」との戦いの代理表象となる、というのが、この芝居である。

ルネは、「あなた方はそれぞれの抽斗《ひきだし》に、ハンカチや手袋を区分けしてお入れになるように、兎《うさぎ》には愛らしさを、蛙《かえる》にはいやらしさをという風に、人間を区分けしてお入れになる。」と語るが、これは、『仮面の告白』や『禁色』といった小説で、セクシュアリティの正常／異常を主題とした作者にとっては、重要な思想表明である。十字軍とサドの淫逸《いんいつ》との血腥《ちなまぐさ》さを、本当に区別することが出来るのか？　娘を打とうとする母の暴力を肯定し、サドの鞭打《むちう》ちを否定するのは欺瞞《ぎまん》ではないか？　「自然」は、そのすべてを分け隔てなく支配しているのではないか？

だからこそ、大革命によって、サドが挑戦し続けた「法・社会・モラル」が崩壊し、モントルイユ夫人でさえ、それを追認せざるを得なくなった第三幕で、ルネは気が抜けたようになっているのである。最早《もはや》、夫との「絆」であった共通の敵は存在しなくなってしまった。そして、現実に夫が自分の目の前に現れ、再び「距離」がゼロになる不安に、彼女は恐らく耐えられないのである。

不可能性への夢という夫譲りの思想は、何でもありとなった現実から離れ、彼女を神への信仰に向かわせる。主題自体は遠く隔たっているが、献身的な妻が、最後に夫との別離を決断する結構は、この五年前に書かれている『宴のあと』と類似している。

本作で、もう一つ興味深いのは、時間設定である。第一幕から第三幕に至るまで、十九年という「かれこれ二十年」の歳月が流れている。ところで、本作の初演は、戦後二十年目の一九六五年だった。三島は、戦後の日本の堕落を徹底的に批判し、天皇主義を奉じて反動化したが、この「かれこれ二十年」という劇中の時間体験に、敗戦による政治体制の大転換を経験し、その後の社会を生きてきた観客の感慨を重ねようとしたのは明らかだろう。

同時に、この一九六五年は、四十代を迎えた三島が、政治思想運動を急速に活発化させてゆく、丁度、その入口に立った時だった。サドとカトリックとの関係を、三島は、天皇制神学を構築してゆく上で参照しているが、その重ね合わせについては、批評的な検証が必要である。また、固《もと》よりサドに欺《だま》され、鞭打たれた貧しい者たちの側に立ってみれば、成り立たない世界だが、それを野暮だと一笑に伏すことは最早出来ず、いずれの点に於いても、三島のその後の思想を考える上では重要な作品である。

＊

『サド侯爵夫人』が、三島の政治思想運動のうち、「思想」の可能態であったとするならば、『わが友ヒットラー』は、その「政治」観を見る上で重要な作品である。

初演は『サド侯爵夫人』の四年後の一九六九年であり、三島は既に、「民間防衛」を目的とした持続的な組織であったはずの祖国防衛隊を、より急進的な行動を志向する楯《たて》の会へと改組していた。

三島は、晩年に至るまで、様々な形で政治への嫌悪を表明している。彼にとって政治とは、権謀術数の渦巻く醜悪な世界であり、それは、『鹿鳴館』や『宴のあと』、『絹と明察』といった諸作からも、現実の政治家に対する言及からも顕著に看て取れる。しかし、政治は結局のところ、凝縮された現実の姿に過ぎず、ナイーヴに何事かを「信じる」ことへの彼の屈折したノスタルジーと徹底した不信は、日常的なコミュニケーションに至るまで染《し》み渡っている。『金閣寺』の中で、柏木は、「俺は友だちが壊れやすいものを抱いて生きているのを見るに耐えない。俺の親切は、ひたすらそれを壊すことだ」と語るが、美化し得ない現実を突きつけ、猶《なお》その上でシニカルに、逞《たくま》しく持続する生というこの発想は、既に言及した『禁色』や『鹿鳴館』の夫婦関係を始めとして、三島作品の随所にちりばめられている。その原体験として、敗戦による神国思想の否定はあったであろうが、にも拘《かかわ》らず、天皇主義へと「信じる」ことを通じて反動化してゆく三島の思想的変遷は、極めて逆説的である。

さて、『わが友ヒットラー』に登場する突撃隊幕僚長のエルンスト・レームは、そんな政治の世界に、「信頼」や「友情」を持ち込んでしまう愚かな人物である。しかも、その相手は、よりにもよって「ヒットラー」である（以後、史的ヒトラーと区別するために、敢《あ》えてこう表記する）。しかし、愚かではあるが、作者が作中の誰よりも「感情移入」して書いているのは明らかで、そのことは「『わが友ヒットラー』覚書」に見えている通りである。そもそも、タイトル中の「わが」という所有格は、レームを指しているので、彼を実質的な主人公と見做《みな》しても差《さ》し支《つか》えはあるまい。『サド侯爵夫人』と違って、「ヒットラー」の存在は、作品全体に現前しており、レームにそのメディアの役割が期待されていない点は、ルネとの大きな違いである。

この戯曲は、「長いナイフの夜事件」という史実に着想を得ているが、作者は、各登場人物の性格から事件の経緯に至るまでを、『サド侯爵夫人』以上に、ほとんど歴史的事実との突き合わせに意味がないほどに、自由に改変している。サドに対する共感よりも、ヒトラーへの好感の方が遥《はる》かに問題で、作者もそれは「覚書」で明確に否定しているが、読者及び観客は、この虚構性の故に、本作を芝居として楽しむ道が残されている、とも言えよう。作中で「ヒットラー」は、暗い不気味な人物として描かれているが、全く無感情な、冷徹な人物というわけでもなく、人間的な動揺を経験しつつ、怪物的な政治家に脱皮しようとしている過程が、物語の推移を通じて示されている。

本作もまた、作者の周到な解説が付されているので、あらすじに立ち入る必要はあるまい。外形的には、〝女ばかり〟の『サド侯爵夫人』に対し、〝男ばかり〟の対照的な作品となっているが、その女たちが、唯一の男性であるサドについて語る前者に対し、後者では女性は完全に不在である。が、レームが同性愛者だったことは史実で、作中でも、そのことは明示的でないにせよ、何度か仄《ほの》めかされている。「ヒットラー」は、旧友であるという馴《な》れ馴《な》れしさから、現在の政治的立場を無視するレームに、度々苦言を呈し、第三幕では、密《ひそ》かな憎しみの感情をさえ吐露しているが、そこには、「ホモフォビアによって男性ホモソーシャル連続体上に生じる裂け目《スキズム》」（セジウィック）という主題が透けて見えている。

他方で、「ヒットラー」の粛正を察知した現実的なシュトラッサーは、エッセン重工業地帯の独占資本を代表するクルップを味方に引き入れることで、生命の危機を何とか乗り越えようと画策する。残された唯一の道は、犬猿の仲であるレームと手を結んで「ヒットラー」に対抗することだが、その説得のための話し合いがなされる第二幕は、三島の全戯曲中でも白眉《はくび》とすべき出来映えである。三島は、自らこの戯曲を朗読した録音を残しているが（全集第四一巻収録）、ほとんど詰まることもなく、一気《いっき》呵成《かせい》に、緩急自在に読み上げられるその台詞は圧巻で、彼の戯曲が、どれほど自然に生み出されていたかを知る貴重な資料ともなっている。

因《ちな》みに、クルップという名前は、意外にも『禁色』に一度、クルップ家の三代目当主フリードリヒ・アルフレートへの言及というかたちで登場している。同性愛のスキャンダルによって自殺に追い込まれた人物で、本作のグスタフは、男子のいなかったフリードリヒ・アルフレートの跡取りとして婿《むこ》入りした元外交官である。些か深読みではあるが、三島も当然そのことを知っていたはずで、クルップがレームと「ヒットラー」との会話を盗み聞きする場面の背景に、そのような事情を考えてみるのも一興だろう。

複雑極まりない権力闘争としての「長いナイフの夜事件」を、ヒトラーの「政治的天才」の果断に帰す三島の解釈は、今日の歴史学に照らすならば、凡《およ》そ妥当ではないが、本作の「ヒットラー」こそが、三島の考える究極的な政治家像だとするならば、彼のその政治思想活動に於いて、斯様《かよう》な欺瞞が放棄されていたことは、歴然としているように見える。つまり、楯の会の行動は、どこまでも〃非政治的〃なものだったと見るより他はない。

対の作品として書かれたこの二作の戯曲は、読み合わせることで、一層それぞれの主題を際立たせるが、さるにても、『サド侯爵夫人』が受け容れられ、出来映えとしては勝るとも劣らぬ『わが友ヒットラー』が拒絶されるというのは、已《や》むを得ぬことであろう。両者に共通するのは、〝悪〟の問題で、それこそは三島が拘《こだわ》り続けた主題だが、どれほど形而上学《けいじじょうがく》的に語られようと、サドが自然そのものとして試みた乱痴気騒ぎは、ヒトラーのホロコーストと対比するならば、まるで次元の違う話である。

二十世紀のジェノサイドをいかに語るか、という問題も、三島がやり残した仕事の一つだろう。

（二〇二〇年八月、小説家）

「サド侯爵夫人」は昭和四十年十一月河出書房新社より、「わが友ヒットラー」は昭和四十三年十二月新潮社より刊行された。

三島由紀夫著
仮面の告白
女を愛することのできない青年が、幼年時代からの自己の宿命を凝視しつつ述べる告白体小説。三島文学の出発点をなす代表的名作。

三島由紀夫著
花ざかりの森・憂国
十六歳の時の処女作「花ざかりの森」以来、巧みな手法と完成されたスタイルを駆使して、確固たる世界を築いてきた著者の自選短編集。

三島由紀夫著
愛の渇き
郊外の隔絶された屋敷に舅と同居する未亡人悦子。夜ごと舅の愛撫を受けながらも、園丁の若い男に惹かれる彼女が求める幸福とは？

三島由紀夫著
禁色
女を愛することの出来ない同性愛者の美青年を操ることによって、かつて自分を拒んだ女達に復讐を試みる老作家の悲惨な最期。

三島由紀夫著
潮騒（しおさい）
新潮社文学賞受賞
明るい太陽と磯の香りに満ちた小島を舞台に海神の恩寵あつい若くたくましい漁夫と、美しい乙女が奏でる清純で官能的な恋の牧歌。

三島由紀夫著
金閣寺
読売文学賞受賞
どもりの悩み、身も心も奪われた金閣の美しさ――昭和25年の金閣寺焼失に材をとり、放火犯である若い学僧の破滅に至る過程を抉る。

三島由紀夫著

午後の曳《えい》航《こう》

船乗り竜二の逞しい肉体と精神は登の憧れだった。だが母との愛が竜二を平凡な男に変えた。早熟な少年の眼で日常生活の醜悪を描く。

三島由紀夫著

盗賊

死ぬべき理由もないのに、自分たちの結婚式当夜に心中した一組の男女——精緻微妙な心理のアラベスクが描き出された最初の長編。

三島由紀夫著

鏡子の家

名門の令嬢である鏡子の家に集まってくる四人の青年たちが描く生の軌跡を、朝鮮戦争直後の頽廃した時代相のなかに浮彫りにする。

三島由紀夫著

絹と明察

家族主義的な経営によって零細な会社を一躍大紡績会社に成長させた男の夢と挫折を描く。近江絹糸の労働争議に題材を得た長編小説。

三島由紀夫著

音楽

愛する男との性交渉にオルガスムス＝音楽をきくことのできぬ美貌の女性の過去を探る精神分析医——人間心理の奥底を突く長編小説。

三島由紀夫著

岬にての物語

夢想家の早熟な少年が岬の上で出会った若い男と女。夏の岬を舞台に、恋人たちが自ら選んだ恩寵としての死を描く表題作など13編。

三島由紀夫著

美しい星

自分たちは他の天体から飛来した宇宙人であるという意識に目覚めた一家を中心に、核時代の人類滅亡の不安をみごとに捉えた異色作。

三島由紀夫著

青の時代

名家に生れ、合理主義に徹し、東大教授への野心を秘めて成長した青年の悲劇的な運命！光クラブ社長をモデルにえがく社会派長編。

三島由紀夫著

女神

さながら女神のように美しく仕立て上げた妻が、顔に醜い火傷を負った時……女性美を追う男の執念を描く表題作等、11編を収録する。

三島由紀夫著

永すぎた春

家柄の違いを乗り越えてようやく婚約にこぎつけた若い男女。一年以上に及ぶ永すぎた婚約期間中に起る二人の危機を洒脱な筆で描く。

三島由紀夫著

沈める滝

鉄や石ばかりを相手に成長した城所昇は、女にも即物的関心しかない。既成の愛を信じない人間に、人工の愛の創造を試みた長編小説。

三島由紀夫著

獣の戯れ

放心の微笑をたたえて妻と青年の情事を見つめる夫。死によって愛の共同体を作り上げるためにその夫を殺す青年——愛と死の相姦劇。

サド侯爵《こうしやく》夫人《ふじん》・わが友《とも》ヒットラー

新潮文庫 み-3-27

昭和五十四年四月二十五日 発行
平成三十年七月二十日 三十八刷
令和二年十一月一日 新版発行
令和四年九月二十五日 三刷

著者 三《み》島《しま》由《ゆ》紀《き》夫《お》

発行者 佐藤隆信
発行所 株式会社 新潮社
郵便番号 一六二—八七一一
東京都新宿区矢来町七一
電話 編集部(〇三)三二六六—五四四〇
読者係(〇三)三二六六—五一一一
https://www.shinchosha.co.jp
価格はカバーに表示してあります。
乱丁・落丁本は、ご面倒ですが小社読者係宛ご送付ください。送料小社負担にてお取替えいたします。

印刷・大日本印刷株式会社 製本・株式会社植木製本所

ISBN978-4-10-105050-8 C0193

新潮文庫

サド侯爵夫人
わが友ヒットラー

三島由紀夫著

新潮社版

2531